全民微阅读系列

生命属于音乐的歌手

SHENGMING SHUYU YINYUE DE GESHOU

罗治台 著

江西高校出版社

JIANGXI UNIVERSITIES AND COLLEGES PRESS

图书在版编目（CIP）数据

生命属于音乐的歌手 / 罗治台著 . — 南昌：江西
高校出版社,2017.9
（全民微阅读系列）
ISBN 978-7-5493-5993-6

Ⅰ.①生… Ⅱ.①罗… Ⅲ.①小小说—小说集—中国
—当代 Ⅳ.①I247.82

中国版本图书馆 CIP 数据核字（2017）第 217253 号

出 版 发 行	江西高校出版社
社 　　　址	江西省南昌市洪都北大道 96 号
总编室电话	（0791）88504319
销 售 电 话	（0791）88592590
网 　　　址	www.juacp.com
印 　　　刷	北京一鑫印务有限责任公司
经 　　　销	全国新华书店
开 　　　本	700mm×1000mm 1/16
印 　　　张	14
字 　　　数	134 千字
版 　　　次	2017 年 9 月第 1 版
	2020 年 7 月第 2 次印刷
书 　　　号	ISBN 978-7-5493-5993-6
定 　　　价	36.00 元

赣版权登字-07-2017-1098

目录

人啊人三题　/001

变性　/012

废墟　/015

践约　/018

山道弯弯　/021

离婚进行曲　/025

那照片删除了　/028

告别　/031

虎哥的故事　/034

麻将　/036

女诗人的浪漫故事　/038

车变　/041

族规　/043

老手机　/046

手机信息的浪漫　/049

铁匠　/051

也浪漫一次　/054

夏夜　/056

都市男女(四题)　/059

故乡人物三题　/071

低保　/079

山雀　　/082

座位　　/085

慧蕙师太　　/089

婚姻降幂之理论　　/092

短信一案　　/094

五十年的梦　　/097

卞师傅教子　　/100

"砍"出来的亲戚　　/102

请不要告诉别人　　/106

"老舞"　　/108

留住青山葬忠魂　　/110

靠山镇旧事　　/113

吊扇装在传达室　　/116

收藏雅兴　　/119

捐款变奏曲　　/122

生命属于音乐的歌手　　/125

还乡　　/127

杀手　　/130

谁更贱　　/133

我的青春我做主　　/136

我是 80 后我怕谁　　/138

就业　　/141

做生日　　　/145

夜话　　　/147

农家腊肉　　　/151

农民穆老阔　　　/153

毛屠夫　　　/156

篾匠　　　/159

裸行记　　　/162

车祸　　　/165

奖酒促销　　　/168

邂逅　　　/170

盲区　　　/173

贾局长的"谱"　　　/176

感谢噩梦　　　/178

"胡导"其人　　　/180

退伍之前　　　/183

莫望　　　/186

投资环境　　　/189

谁的红包分量重　　　/192

随礼　　　/194

民主推荐　　　/198

村规　　　/201

荒诞事四题　　　/205

人啊人三题

色

那天，欢欢对我说，土冒呵，你有情人么？

我说，情人，啥情人？

欢欢说，讲你土冒哇还真是土冒，情人都不懂，情人情人，哎，就是"里格啷"。

"里格啷"我懂，是我们这儿的土话。我就摇了摇头说，没有！

欢欢跟着摇了摇头，还不无遗憾地说，土冒哇，你落伍啦。

落伍了么？ 我问。

现在，全地球都流行找情人！哎，你自己想想，是不是落伍了？

我望着他，不知作何回答。

欢欢又说，土冒哎，你晓得么，没有情人的男人不是好男人！

我有些吃惊，说，这话是谁说的？

欢欢说，仑破拿，没错，就是仑破拿！

我摇摇头：没听说过。

欢欢说，我知道你没听说过，一个洋老头，很著名的。

我灵魂出窍，突然想起来了，说，好像这老头说过不想当将军的士兵不是好士兵。

欢欢听罢，说，哎呀，土冒啊你又落伍啦，那是他老爷爷拿破仑的语录,他仑破拿的语录就是没有情人的男人不是好男人。

欢欢文化比我高,他中学毕业,我没毕业,我说不过他,就直截了当地问,欢欢呵,你也有情人么?

有哇!

有几个?

欢欢举手一比画,说,咱可比不上大款大腕,就三五个吧。

我说,欢欢呵,你牛嘞。

欢欢得意了,说,土冒呵,想不想跟上时代新潮流啊?

啥时代新潮流呀?

唉,我说了半天对牛弹琴了。还不明白,找情人呗?

怕不好吧。

有啥不好? 新潮流嘛!

我想了想说,新潮流,那我就学呗。

欢欢伸出一只手说,好,想学拿钱来!

还要钞票?

都啥时候了,啥事不要钞票啊? 告诉你,找情人更要舍得花钞票!

我头一摇,说,花钞票就不找啦。

欢欢不高兴了:土冒啊,你不光土,还抠门哩。

我说,不是抠门,是实在掰不开哟,你不见啥都在涨嘛,就是工资没涨。

欢欢说,真不想找?

没钞票!

欢欢想了想又说,其实不花钱也是可以找的。

有不花钱的?

有哇! 譬如老同学啥的。

一听说是找老同学之类，我便泄了气，说，不找啦！

为啥又不找啦？

找情人总要找个好看的是不？

没错，是该找年轻漂亮的！

这就对喽，我所有的女同学，脸皮都打皱了。去年同学聚会，以前全班公认的校花，没想到一见面美好形象全没了，现在一点崇拜和念想都没了。

不晓得另开门路，譬如——

譬如啥？

你不是爱好打麻将吗？你就不晓得在麻将圈子里找找？

如今美女都跑到开发区打大炮赚大钱去了，谁还在乎块把钱一小炮的麻将啊？

倒也是。

所以不找啦。

不找可不成，现在正流行找情人。

我摊摊手说，可是，流行到我这儿就流不动行不通啦。

欢欢说，咱是哥们，再困难也不能流到你这儿就止住了，是不？

我无言。

欢欢一拍我的肩膀说，有了，土冒哇，赶明儿我给你介绍一位好不好？

我点点头说，只要不花钱。

欢欢说，放心，不用花钱。

数天之后，欢欢给我打电话：土冒啊，给你物色到一个了。

这么快啊？

嘿，一句话的事儿。

啥时候见面啊？

欢欢哈哈大笑，说，着急了是呗？明儿下午四点月芽公园，可要记住哦。

记住了。

记住了就好。

我突然想起来了：喂，欢欢，你是线人，明儿也得去哦。

欢欢说，我就不必喽。

你不去，怎么接头哇？

到时你就知道了，你俩应该认识！

搞了半天，是熟人哇！

土冒啊，你不是说第一次找情人吗？第一次就整个熟识点的，等有了经验之后再给你弄个生疏点的，循序渐进嘛。你说是不是啊？

这个墨索里尼样的家伙，总是有理。

欢欢又提醒说，记住，明儿下午四点，坐在月芽公园歪脖子槐树下面手中拿着《情人大全》的女人就是。

我说，记住了。

二天，我提前赶到约定的地点，男人嘛。可是，一瞧手持着《情人大全》的那个人姗姗而至，我就赶紧溜了。

我溜到僻静处就拨通了欢欢的手机，愤怒地说：欢欢吗？你到底安的啥心啊？

欢欢不恼，反而乐了，还在电话那头高叫着：老婆哇，我赢啦！

我更火了，你和你老婆叫啥叫？你又赢了啥？

欢欢笑得差点儿岔了气，说道，我和老婆打赌，说天下的男人女人，没有不想找情人的！我老婆就和我抬杠说，只要我把土冒两口子都弄去会情人了,她就算折服了。怎么样? 见着嫂夫人了吧!

权

崔吹说,任何人都生活在圈子里。

我想了想,还真是这么回事。

崔吹又说,大家都想进我们的圈子,可我们的圈子不是啥人都能进的。

崔吹的话没错,他们的圈子很特别,只有几个人。不过,进了那个圈子就可以吃香的喝辣的。谁都想进,我也想,可就是进不去。

崔吹说,沙冒呵,想不想进我们的圈子?

我说,想啊,咋不想呢? 做梦都想嘞,想死我啦。

崔吹说,想就行动呗。

我说,我不知道咋行动啊。

崔吹疑惑地:沙冒啊,不至于吧?

我说,是真的哎,崔头,你教我吧。

崔吹说,教你没问题,可你拿啥谢我啊?

我说,请你吃饭,还喝酒,成吗?

崔吹笑了,说,沙冒啊,你真行嘞! 革命就是请客吃饭加喝酒。啥时候请啊?

我说,你是头,你定吧。

崔吹说,啥头不头,彼此彼此,就定在这个星期六吧。

我说,好,就星期六。星期六好,就玩它个天翻地覆!

崔吹又笑了,沙冒啊,你好悟性哩!都快成高手了,上哪些项目啊?

我一拍口袋,豪情万丈地说,由你做主。

崔吹说,有你这句话就行啦,咱哥们,一切好说。

时间过得飞快,转眼就到周末了。

星期五晚上,崔吹与我联系,说明儿就是星期六了,你还记得吗?

我说,咋不记得呢? 信用卡全准备好了,到时尽管刷。

崔吹笑了,哈哈,哥们还真是个有心人。

我说,崔头啊,人员与地方定好了吗?

崔吹说,好了好了,早就好了。地点是"天堂鸟"休闲中心。人员吗? 不多不少,加上你我,刚好九个人。

我说,九这个数好,好啊,天长地久。哎,明儿几时?

崔吹说,明儿上午老板有点事,就下午两点吧。末了,崔吹又补充说,明儿都是重量级人物,你可要好好表现呀!

我说,崔头请放心,明白了!

第二天下午,还不到两点,我首先赶到那儿,接着崔吹来了,别的人也相继来了。崔吹一一做了介绍,这伙人不是"肿"(总)便是"胀"(长),衬得我干瘪瘪的好惭愧。最后一位是帽子。他一出现,所有的人都迎了上去。崔崔赶在最前面谦恭地说,老板您早啊。

帽子扬扬手说,大伙儿早。

随后,崔吹把我介绍给帽子,说这位是沙冒,我的朋友。

帽子就伸出肥腻的手与我象征性地一握,说,欢迎,欢迎,小崔的朋友也就是我的朋友。

崔吹小心问帽子,老板,先玩啥?

帽子说,玩保龄球吧。

九个人包了三个球道。几局之后,帽子说,太累了。

崔吹说,确实累,打麻将吧,麻将不累。

帽子说,这个建议不错,好,就玩麻将。

于是四人为一桌,正好多出一人。我不想上场。

崔吹向我使眼色,还说,沙冒啊今儿你为东,不上场可不行。

我理解他的意思,牙一咬,舍票子陪圈子!

我给帽子点了几炮。帽子乐得呵呵笑。

帽子高兴我也高兴,我知道想进圈子就得把帽子陪乐。

几圈下来,帽子瞄了瞄表,伸一个懒腰说,该开饭啦。

山珍海味,杯盘交错之中,大伙已酒醉饭饱。帽子剔着牙。

崔吹打着酒嗝说,保龄球练过了,麻将也玩过了,该来点轻松的了。

我说,好,就搞点轻松的。

崔吹说,卡拉 OK 轻松。

就要了一个包厢,并各点一位小姐陪唱。于是,包厢内充满着《现代爱情》《糊涂的爱》等男女的对唱。

唱着唱着,人们都成双成对地出去了。

包厢内只剩下十号小姐和我。十号放下话筒对我含情脉脉地说,先生,我们也出去吧。

我说,出去干啥?

十号奇怪地说,开房啊,先生是第一次来吗?

我点了点头。

十号听罢"哧哧"地笑了,说真没想到,今儿逮着一个外星人。说着就往我身上蹭。

她的浪笑,让我周身起了鸡皮疙瘩。我便本能地将她推开了。

十号见我如此,脸色大变,随后哀戚地说,先生要是这样,老板会认为我无能炒我鱿鱼的。

我的心软了,对她说,房就免开了,钞票我照付。

十号转戚为笑,并往我脸上一"啵",说先生您真好!

第二天,我问崔吹,能进圈子了吗?

崔吹答:老板说昨儿你没有开房,所以还要继续考察!

财

不知是不是巧遇,隔老远,乐乐向我走来了。

他拉着我的手:"石冒啊,你想发财不?"

听说有财发,我想也没想地答:"想啊,冯巩都说,我想死你啦!"

"瞧你,定是搞多了路,糊涂了。人家冯巩是讨好观众多拉票。我是问你想不想发财?"

"发财?想啊,傻瓜才不想!"

"石冒啊,恭喜你,终于不傻了。"他使劲握着我的手。

我用力抽了出来,不满道:"你的意思是,以前我傻?"

"有那么点儿。"

"啥时候?"

"小学时。你忘啦?有一次你捡到两块钱。"他拍拍我的肩。

"咋啦?"

"给老师了。"

"交给老师错啦?"我想起了"我在马路边拣到一分钱"的歌

曲。

"错是没错！不过,落了个雅号。"

"啥雅号？"

"石头脑瓜呗！"

我骂道:"我去,外号还不是你小子送的,还好意思提起。"

乐乐见我生了气,坏笑道:"哈哈,哥是怕你忘了儿时友谊,要知道,记忆总是偏爱外号的呀！"

我被他逗乐了,说:"少年的事咋会忘呢？"

"你还记得？哎,记得就好。"他突然带着感情地问,"石冒,告诉哥,这些年,你混得还好吗？"

我如实回答:"一般般"。

"啥叫一般般,哥问你,有房吗？"

"有啊,和爸妈住在一起。"

"呵呵,石冒,你变了！脑瓜不'石'了,晓得幽默了。那哥再问你,有情人吗？"

"有啊,吃在一起,住在一起,还在一起生了个男孩。"

他轻轻给了我一拳:"得了得了,不用再问,哥晓得你是没车的了。"

"谁说我没车？一台 125 摩托,单位配的。"

"哈哈,那也叫车？"他突然一声长叹,"唉,石冒啊,真没想到你活得好潦倒哎！"

"是吗？"

"是不是你把眼睛瞧啊！你没想到吧,和我们一起长大的,像卞混混、匡赖皮他们都五子登科了哩。可就你家一子独秀！俗话说打麻将三缺一少味。过日子五缺四,你说咋过嘛？"

"咋过？想咋过便咋过,你管得着吗？"

"瞧你瞧你，小时候的石病又犯了是吧？依哥看，你家准是缺钞票。缺钞票的人火气大，这是铁律，没错吧？"

还真让他猜中了，爹妈那年下岗后，双双得了慢性胃气痛，至今还常犯。儿子上高中要花钱。老婆原在超市打工，后来只好辞了职照顾老人。全家就靠我一人的工资。

"石冒啊！依哥看，你家好像除了孩子还缺四子，严格讲哩，只缺一了——票子。只要足了票子，什么位子（置）、房子、车子都能买到，孩子也能进贵族学校。"

"这还用你来教吗？"我打鼻孔里哼了一声，"一个农电电表抄收工，上哪去弄钞票？"

"别伤感好不？石冒，哥瞧你是个发财相哩。"

"发财相，在哪？"

"在你身上，哥观你五官周正，又搭配得当，特别是鼻子长得好。按照五行说法，鼻子居中为土星，土生金。你鼻子高隆，藏着财哩。关键是要适时开掘。怕只怕你石头脑瓜不开窍哎！"

没想到几年不见，乐乐学会了看相，讲得还头头是道。我便收敛了讥讽的意味，向他讨教。

他来神了："指点谈不上，得看你的悟性。俗话说，靠山吃山，靠水吃水。石冒你还记得吗？我们小镇后靠青山，前临小河。儿时，我们结伴上山拣枞菌扯竹笋，下河摸鱼捞虾。当然，都是小儿科了，当下嘛，嘿嘿，不是有这么一句话吗？国外有个加拿大，国内有个大家拿。你明白了吗？"

"明白了。"

"明白了就好。"

"好啥？"

"好发财呗。"

"你真会说笑,我都四十好几了,彩票买了一大把,可是连末奖都没中过。"

"那只怪你单枪匹马想吃独食。告诉你石冒,当今不是独行侠的年代,搞钱单打可不行,要靠合作共赢。"

"合作? 谁愿啊! 我一没资金,二没好爸。"

他略一沉思,像突然想起一件事来:"石冒啊,前晌有位老板邀我合伙做买卖,你想不想参加?"

"他又没邀我。"

"哥邀你还不一样? 实话说吧,那老板和哥是铁哥们。哥的铁哥们也就是你的铁哥们! 一句话,你干不干?"

这不是天上掉馅饼吗? 我忙点点头说,"干干干。"

他向我伸出手:"好,哥们合作成功!"

我忙握住他的手,问道:"啥时见合作老板啊?"

他听罢放声大笑,笑得肆无忌惮:"哈哈哈,在金钱面前没谁能淡定! 这是格言。"

"谁的格言?"

"乐乐我的!"他诡异地笑了,接着又道,"等哥的好消息,拜拜。"

数天之后,等来了乐乐的电话,他说老板约我本周六晚六点在本镇皇都茶馆见面。

那天,我脱下工作制服,换上一套看家西装,匆匆地准时赶到约定包厢。

没想到那老板我认识,是我管辖内的用电客户——同乐红砖厂老板劳一巴。

可是,一交谈,我便傻眼了,原来他的合作项目是,要我帮他窃电!

变　性

　　变性和整容手术非常成功，我站在镜子跟前，镜中立马出现了一位面容姣好、皮肤白皙、身体凹凸有致的女人模样。我心里啧啧地惊叹着当代科技的神奇，兴致所至时，我索性将自己脱了个精光。哇，镜中分明是一副风韵婉约的女人胴体，且女人身体上该有的器官也都有了，从此我就不是以前的我了。以前的那个名叫羊村书的男人从此在人间蒸发了。人间从此也多了一位名叫艾菲菲的女人。

　　我成了女人之后，自然地，一场历时两年的离婚诉讼也结束了。我的妻子水冰洁没有到庭，法官瞧着我的女儿身，只简单地走了一些该走的程序之后就做了水冰洁的缺席判决。判决一宣布，我有了突出重围、如释重负的感觉，便打心眼里一声叹息：啊，别了，水冰洁，都是我不好，只因为我感到做男人没劲，想当一回女人啊！

　　出了法院，我独自一人来到伊人坊咖啡馆，选了个偏僻的一方，要了一杯咖啡，静坐一隅，边品味边梳理着近三十年的人生经历，仿佛就是一场梦。别了，少年时的顽皮，青年时的自负。想到这一切，我不由得暗自笑了。

　　"美女，我能在这儿坐坐吗？"

　　我抬起头来，面前一位风流倜傥的中年男子正微笑地注视着我。我莫名地有点羞涩，说："先生，你是在和我说话吗？"

他还是那种笑容,却变成幽默的腔调,说:"你瞧,这里除了你和我,就是我和你呀。"

可不是吗?他一定是看上我了。男人们的故技在我面前上演了。我突然想起自己做男人时的情景。我暗自冷笑着。小儿科。在女人面前装相,你还得叫我师傅哇。我想起了八年前,也是在这样的场所,我让水冰洁成了我的俘虏。

中年男子见我朝他点了点头,便落座在我的对面,也要了一份咖啡。

接下来的故事如我所料,他不停地无话找话:

"美女,我好像在哪里见过你?"

"美女,你有一双忧郁的眼睛。"

"美女,你一人独酌,是不是遇到不开心的事儿了?"

"美女,我能为你做点什么吗?"

……

他仿如老友,亲切有加。

奇怪的是,及至后来,我的心理防线崩溃了。我明明知道这是中年男人的圈套,可我偏偏要往里面钻。也许这就是我变成女性之后的本能吧。

后来,我经不起他的连续进攻,终于缴械投降了。在一个带"八"的日子里,他和我同步婚姻殿堂。

可是,婚后的日子并非我所憧憬的那样。没多久,男人想突围。

男人的理由是,我不是女人。

我反驳他说,我哪里不是女人了?

男人说我空有女人的外表,骨子里头却是男人。

我无话可说,心想,离就离吧。反正又不是第一次。

于是，变成女人的我，第一次的浪漫就这样以失败而告终了。

后来，我又经历了几次感情的破事，遇到过不少财大气粗，或踌躇满志的男人，但无一不是男人先离我而去，也让我饱尝了做女人更不容易的滋味。

直到遇上一位名叫羊村书的男人之后，我的感情才固定下来，对婚姻也有了全新的感知。记得他刚报出这个名字时，让我非常惊讶。巧了，这不是我做男人时的名字吗？不是在人间早已蒸发了吗？怎么又冒出来了呢？没想到，我与他接触一段时间后就觉得很投缘。当然后来则是他真诚地向我求婚，成了我的男人。更没想到的是，婚后我感到很幸福。我终于找到了作为女人被男人宠爱的感觉，觉得做了整容变性手术还真不亏！

弹指一挥间，我们便到了垂暮之年。后来，我男人得了不治之症。弥留之际，他拉着我的手说："村书呀村书，你还记得吗？我和你第一次结婚时，我就发下宏愿，这一辈子无论你走到哪里或变成什么模样，我都跟定了你。怎么样，我没有骗你吧？"

他的话让我震惊，我以为他病糊涂了，便大声说："我不是羊村书，我是艾菲菲，你才是羊村书呀！"

他听罢摇摇头，露出一丝笑容，说："村书呀，你不知道，我是水冰洁哇。因为我太爱你了，所以在你变性之后我也做了变性和整容手术，还用了你的名字啊！"说完他的头一歪便去了另一世界。

瞧着他一脸幸福地离去，我忽然顿悟。我抱着他渐渐变凉的躯体刹那间泪流满面，我情不自禁地大声呼喊着："冰洁呀冰洁，你要答应我，一定要答应我呀！我们来世还要做夫妻！"

废 墟

她刚走出宾馆大门，就地震了。

他没来得及跑出去，倒塌的房子掩埋了他，却又给他留出了小块活命的空间。他本可和她一同出去的，可他临出门时，耍了花招，对她说，你先在外面等等，我放放包袱就来。其实他是躲进洗手间给娜娜打电话。娜娜年轻漂亮，是他情人。

漆黑，周围全是水泥砖块。他有些绝望，心想这是天意，是上苍对他的惩罚。他原只想和娜娜玩玩，可娜娜不这么想，娜娜是冲着婚姻而来的。不久前，娜娜下了最后通牒，说我的青春全给你了，再不给我名分的话我就上你家死给你看。他妥协了。

后来儿子进了大学，他想是可以考虑和她分手的事了。

于是，他悄悄地写好了协议，等待着机会。

可他没来得及和她摊牌时，那天她对他说，纪刚，我们去旅游吧。纪刚是他的名字。

他瞧瞧她，她老相了许多。他想起二十年前的她也如花似玉，也被许多异性追求。他还想起自己在追求她时的承诺：媛，到时我们有钱了，同你周游世界。她就一脸幸福地依靠在他的臂膀上。后来他真的有钱了，他却没有带她出游，而是带着娜娜游了国内，还游了国外。

他想到这些，有点内疚地朝她点了点头，说好吧，你想去哪里，我都陪你去。他还想，等旅游完了再离也不错。

她选择了国内某旅游线。

天崩地裂的响声吓着了她。她睁眼一瞧，呆了。古朴美丽的小镇眨眼之间成了废墟，入住的小镇宾馆也崩塌得一塌糊涂。她像疯了一样转身往废墟里跑去，嘴里还不停地大声呼叫着他的名字。

他听到了她的呼叫，心想有救了，就大声地回应着她！

她听到了从废墟缝隙里传出他的声音，心稍安了，问他伤得怎么样？

他答，还好，就是身子被卡住了，动不得。

她开始扒拉废砖烂瓦，十指都扒肿了，出血了，一点进展也没有。她明白光靠个人的力量远远不够。她无奈地告诉他，说我一个人扒不开我得多喊几个人来。

他害怕了，害怕她丢下他不管了，就哀求道，媛呀，看在夫妻的情分上你一定要救我啊。

她说，看你说的，是外人我也会救的啊？

他沉默了。

她又说，你一定要坚持啊！

她说着就走了。

他想起有一次为儿子过生日时手机没电自动关机了。娜娜不知是有意还是无意，却把电话打到他的家里。

她拿起话筒刚"喂"的一声，电话那头就没声了。如此三番，她警觉了。她问他怎么回事？他忙掩饰说，定是别人打错了。她就瞪着他意味深长地笑笑：但愿如此。他想到此就恐慌得没底了，心想她是不是早觉察到他和娜娜的不正当关系而开溜了呢？

她奔走在街上，沿途大声地呼喊着：救救纪刚吧，他埋在废墟中了。可是街上奔走的人也都和她一样，都在呼喊救救我的亲人吧。她想起了手机,她就拨了 110,没通,她又拨了许多电话,才发觉信号全断了。

她又返回到废墟,边扒拉边叫,要挺住啊,纪刚你一定要挺住啊。他就在废墟下面痛苦无力地答应着,好好好。

她听出他的绝望,怕他抗不住,就一直没有离开废墟。后来她的喉咙快嘶哑了,就和他约定改敲暴露在废墟外面的水管,每隔一段时间她就抢着断砖敲几下。意思是,我还在这里陪着你,你一定要坚持住啊!

开始,她敲几下裸露在外的水管,他也能回应几下,渐渐地回应少了,后来她听不到回应了,可是她每隔一段时间还是照敲不误。她想,他没吃没喝一定没气力了。

她坚持到第三天的时候,终于盼来了抢险的队伍。她就朝着队伍语无伦次地喊,大哥大哥,快快快,这里埋着人。其实那些抢险队员大多比她年轻得多。

他终于被扒出来了,因为脱水处于昏迷状态,他被送进医院抢救治疗。她一直陪伴着。

他醒过来了,醒后的他瞧着她红肿的眼睛和憔悴的身子,他的心如地震。他握着她缠着绷带的指头说,嫒,苦了你了,要不是你我早没命了。

她说,换成谁也会这样的。

恰在此时,他的手机响了。他瞧了瞧来电显示,将手机递给她,叮咛说,嫒,你告诉她,就说那个叫纪刚的他在地震中死了。

她接过手机,却平静地告诉对方,说纪刚他只受了点轻伤,很快会出院的,你甭着急。她说完将手机还给了他。

践 约

夜幕下的周庄,别有一番风情。

伫立在临河的窗下,观半庄灯火,听一河流水。

可他的心呢? 在放逐,在回忆,在怀想,还在一次次地问答:

她会来么? 她会来的!

她会来吗? 她会来的!

他抬起手腕看了看表,已是晚六点半了,按说她应该来了哇。

可她没来,来的是女服务生。女服务生问,先生想吃点东西么?

他点点头,又随意地接了女服务生递过来的菜谱。他浏览一遍后,想了想,还是点的三年前的那几道菜和那种甜甜的黄酒。

他今儿是来这儿践约的,也是来温旧梦、续新缘的。他吃过许多山珍海味,许多大餐细节都忘却了,唯独那天的饮食他记忆犹新,是这里的菜肴特可口? 还是这里的黄酒特香甜? 当然都是。但更让他难以忘怀的是那位神秘的江南女子。女子美如青花古瓷,那一颦一笑全铭刻在心头。所以,她三年前的口头约定就像鱼饵一样把他钓了回来。他曾戏言她是一尾闯进他钩上的鱼。现在看来,谁是谁的鱼,好像也搞不懂了。

那夜,没有张宇所唱的迷人月色,自然没有理由说是月亮惹的祸。那夜,有绵绵的小雨,还有甜甜的黄酒,如江南丝竹,沁人心脾。清晨,临分手时,他又拥吻了她,并喃喃地对她说,嫁给我吧!他做出如此决定,是因为他发现自己摘了一朵未曾开放的花朵。男儿应有所担当。

让他意外的是,她并未领情,还不无嘲讽地说,好笑嘞,占了便宜还想来卖乖?

见她这般说,他忙指天发誓,说他是真心的,如有半点……

她挥挥手,打断了他的誓言,冷静地说:"就算你真心想娶我,可我还得考虑考虑愿不愿嫁给你啊!这么着吧,给你三年时间,也是给我自己三年时间,如果三年内彼此还不相忘于江湖的话,那么,三年后的今天就是我们的佳期,这儿也就是我们的鹊桥。"说罢,她便头也不回地走了。

目送着她的倩影消失在小巷的弯道,他才想起双方没有留下任何联系方式。

点完酒菜,女服务生轻柔地笑了,说先生你一个人吃不了这么多的。

他还以微笑,说,一会儿还有一人来。

女服务生便暧昧地笑了。

餐具很快摆放好了,是两副。接着,酒菜也上来了。可是,她还没影儿。

扫兴,他给自己斟了一杯,想了想也给对面的杯斟满了。他举杯刚想一饮而尽,却又放下了,起身踱到窗口。他探出身子往河道里观望,希望瞧见惊喜的一幕。记得上回她就是在"欸乃"声中走下小船,提着青花素底裙,踮着足尖跨上青石台阶的,然后又款款地融入小巷。

然而此时,除了一河的大红灯笼悬挂在船头,便是夜的凉爽。

不知何时,雨无声地下了起来,打湿了青砖灰瓦,打湿了戴望舒的小巷,打湿了河汉的塑篷小舟,也打湿了他的心情。

记得那天,也是这样的丝雨,只是那天他心情特好,还轻轻地朗诵了诗圣杜甫的诗,好雨知时节,当春乃发生。

他向她举起杯:来,为我们的相遇相识,干杯!

她欠欠身,举杯一碰,礼貌地打湿一下唇,复又放下了酒杯。

他瞧出来了,她有心思。

是的,她瞧着杯里黄酒,仿佛有谁在吟哦:红酥手,黄縢酒,满城春色宫墙柳。东风恶,欢情薄,一杯愁绪,几年离索,错、错、错。

难怪哟,相爱两年多的男友说变就变心了,她问自己,难道女人坚守最后的一抹底线也错了吗?

……

耳畔忽然有了高跟鞋敲击木梯的声音,脆脆的,是她吗? 他忙转身复坐进席间,静静等待惊喜的一幕。

可是让他失望,响声远去了。

他又一次问自己,她会来吗?

会来的!

是的,她践约来了!

青石巷里,她正撑着一柄油纸伞,缓缓而行。

她也在叩问自己,他来了吗?

她不明白,整整三年硬是忘不了他,忘不了那一切。她更不明白,能为男友坚守两年多的底线,却在乍熟还生的男人几句知心知肺的暖话下,防洪大堤顷刻崩溃了。难道这就是传说中的"金凤玉露一相逢,便胜却人间无数!"

那次,他一报出姓名。她就暗暗称奇,呵呵,温火,怎会拥有这样的名字呢？她叫冷雪。冷雪遇温火，能不融化吗？看来这是天意哪！

路上，她无数次问自己：要是他不来呢？那伤心肯定是难免的，但也说明他是一个薄幸人，不值得自己再爱，也就证明三年前自己的"约定"是对的。要是他来了，当然最好，那就证明三年前的邂逅是天意不可违！

自问自答中，她来到了小巷深处的明清老店，招牌还是那个招牌，因刷了新漆便更亮更醒目了。她登上楼，直奔熟悉的"枫桥"小雅间，正想轻叩门扉时，门却"吱"地向她敞开了。

山道弯弯

山路弯弯，似鸡肠，似狗肠，或者什么都不似，山路就是山路，窄、险、还崎岖，傍着山，挨着溪。山路上走着两个人，一男一女，女的拎着小包在前，男的提着大包在后。山风调皮，伸出一只手，掀开了他们的衣，男的皮肤黝黑，女的皮肤苍白。

五月的山路，山花笑着脸，溪水唱着歌。山路上的人却苦着心，闭着嘴。过了一道弯又一道弯，山路渐渐地壮了，溪水渐渐地肥了。

弯道峭石旁，男人止住了步，放下包，坐在石板上，从口袋里摸出烟与火，点了，吸了，并朝着前面轻声地说，歇会儿。

女人好像没听见，依然前行。

男人放大了声，喊：哎，歇一歇。

山回应着，从这山到那山，又从那山到这山，是同一句话：哎，歇一歇。

女人这才止了步，见男人歇着，她也就近找一块青石，掏出手帕铺上并腿坐了。

这两年，苦了你了。男人吐出一圈烟，朝着女人说。

女人绞着辫，没出声。

再翻过一道岗就可上马路了，你也可以放心地回家了。男人又说。

女人抬头望望天又望望人，问：真的放我走？

男人说，唉，都走到这里了，还不相信？

女人又低下头，脚划拉着地。

山沉默着，人也沉默着。

男人又喷出一口烟：这地方苦，留不住人，本地女人都往外嫁，何况你呢？

女人又抬起头，望望天，天还是那个天。

女人家乡也是山村。女人记得两年前与同村的椿子出外打工时，初次出门，不知外面险恶，有陷阱，在车站碰到一位花言巧语的中年女人，说要带她们去一处开金矿的地方，说那儿好赚钱。于是她与椿子信了，便跟着中年女人来到了这省外的山旮旯里，成了跟前这男人的女人。

同房那天，女人死也不从，男人便说他是花了一万元钱的。女人就说他是有丈夫的。这倒是事实，女人的丈夫是个务实的农民，同村年轻人都蹦着出外打工，可他只知道在地里刨活。女人便不满意了，几次催丈夫出去可丈夫就是无动于衷。女人这才赌气自己出去闯一闯，没想到这一闯就闯到人贩子手中。

女人叹口气，她是想到了可怜的椿子，椿子又在哪儿呢？

思绪一打开,女人就追忆起自己又是什么时候顺从的呢? 女人记不清了。女人只想起第一夜的情景,原只想男人会用暴力的。谁知男人没有,男人面对着她的愤怒只是轻声地重复着说,他家一万块被她表姐拿走了。那是他家全部的积蓄,做人得凭良心。女人这才清白那中年女人冒充她"表姐"把她做物品当了。女人好气愤哟,再加上奔波、惊吓,便真的病了。

女人病了之后,男人给她采草药。男人采药时从山崖上摔了下来,伤了膝盖,后来还落下了疤痕。那些天,男人关心她,却没有动她,摸都没有摸过她,只一跛一跛地进出房间问寒问暖,守在床前为她喂药喂饭。

女人的病稍好点之后,男人的母亲就杀鸡给她补养身子。男人的母亲慈眉善眼的,是一位上了年纪的老人。可是,女人依然难以就范,直想逃离,可是她身无分文,又被男人全家看得紧,怎么也脱不了身。让她震撼的是,有一次,老人突然跪在她的面前说:妹子哎,我求你了,我知道你看不上我儿子,也看不上这穷山冲。可我们也是没得法子呵,好不容易才凑上一万元,没想到……唉,妹子你好歹给留个种吧,留了种你想走就走,我决不难为你。我们卜家是三代单传,可我不能让我儿子这一代就断了嘞,到时叫我怎么去见地下先人呢? 老人说完就撩起衣角。女人分明看到老人在擦眼里的泪。

女人的心软了,如果说她还有恨的话,也只恨那挨枪子儿的骗子女人了……

溪在唱,蝉也在唱。

女人埋着头想心思,女人想不起是哪天顺了男人的,只记得那天她脱尽了衣裤,让他钻进了她的被褥,以前他们都是各睡各的被。也是从那天起,男人更疼她了。女人抬起头,眼望着远方说，大哥，我对得起你了，也对得起你全家了。

男人说，是呵是呵，你把身子都给了我，还给我生了一个儿子，我知足了。

说到儿子，女人有些哀戚，朝着男人方向挪下身子叮咛道：你可要把他带好哇。

男人忙点着头说，当然当然，他就是我的命！看着他，我就会想起你，想起你对我的好。

你又来了，我不是告诉过你吗？要忘掉我，彻底地忘掉我。就当没有我这个人，从来就没有过，啊，听到了吗？女人将脸偏向一边。

嗯，听到了。男人的应声很轻，没底气，像蚊子叫。

又是一阵沉默。

风儿刮过，云儿飘过。

突然，男人又猛吸口烟，问女人：孩子大了，问我要妈妈，怎么说呢？

这话像惊雷，让女人的心猛地一震，这是她一直不敢想的，如今倒被男人摆了出来，她再也控制不住了，痛与泪奔涌而出。

这一切被男人瞧见了，男人伸出手要为女人拭泪，却被女人一把挡开了。女人突然起身向着山下迅跑，跑了一段距离之后，女人这才回过头来，朝着在坡上发愣的男人哭着腔调大声地呼号：就说他妈妈早死了，他妈妈早死了啊！

"他妈妈早死了，早死了啊"的回音在山谷中经久地回荡着，回荡着……

男人愣愣地望着女人远去，望着女人的背影由大而小，愈去愈小，最后消失在山的拐弯处。

男人久久不愿离去……

男人没料到,一月之后,女人又回来了。女人带回了许多小孩子的衣服鞋帽,还有儿童玩具。

女人说她与前夫离了,前夫骂她是婊子。女人还说她的前夫在她"消失"之后的第二年另有所爱了。女人最后有点庆幸地说,幸好和前夫没生孩子。

男人喜出望外。男人晚上抱着女人将木板床摇得"嘎吱嘎吱"响。

嘎吱嘎吱,男人问女人为什么不嫌这地方穷又回来了。

女人不言,却把男人抱得更紧了。

山月探身窗口,转眼又娇羞了,便将身子躲进云的衫子里。

夜儿,更浓了。

床儿,更欢了。

离婚进行曲

儿子三岁那年。

莲花说,这日子没法过了。芋头说,这日子是有点不好过。莲花说,芋头,你也是这么想的?芋头说,我也是这么想的。莲花说,那好,我们去离婚吧。芋头说,离婚?那莫呐。莲花说,那你附和什么,有病啊?芋头说,你才有病啊,我几时附和你了,我是说这日子有点不好过,并没有说没法过呀。

寂静,寂静,窒息般寂静。突然,厨房里"哗啦"的一声响,是筷子甩在地板的声音。

芋头皱了皱眉，吸一口烟，没出声，也没挪身。

接着，又是窒息般寂静，突然又是一声响，这响声有点重，是碗碎裂的声音。

芋头将烟掐灭在灰缸里，站起身，眉头已蹙成一个结，说莫造孽，碗筷与你无仇。我答应你好不好？明天就去，法院、民政局由你选。

一觉醒来，芋头变了卦，说：我一通宵没瞌眼，想了又想，昨晚的分法不妥。儿子还是归我，你想走你就一个人走。

莲花说，不行，儿子太小，不能没娘。

芋头说，不行，儿子太小，不能没爹。

儿子不能没娘。

儿子不能没爹。

不能没娘！

不能没爹！

……

意见没统一，日子继续过。莲花叹息。芋头点上一支烟。

儿子十三岁那年。

芋头说，这日子没法过了。莲花说，这日子是有点难过。芋头说，莲花，你也是这么想的？莲花说，我是这么想的。芋头说，那好，我们去离婚吧。莲花说，离婚？这样大事我还得想想。芋头说，你没想好答么子白，有病啊？莲花说，你才有病啊，我答了么子白，我是说这日子有点难过，并没说不能过呀。

寂静，寂静，窒息般寂静。突然，厅里"哐当"一声响，是拖把摔在地板上的声音。

莲花皱皱眉，抿上一口茶，没作声，也没挪身。

接着，又是窒息般寂静，突然又是一声响，这声音特噪心，是暖水瓶碎裂的声音。

莲花将茶缸放上桌，踱过去，柳眉倒竖，说莫造孽，拖把暖瓶与你无仇。我答应你好不好？明天就去，法院民政局由你挑。

一觉醒来，莲花变了卦，说我一通宵没瞌眼，左想右想，昨晚的分法不妥。儿子我要了，要走你一个人走。

芋头说，不行，儿子还小，要是没爹，人家会欺负他的。

莲花说，不行，儿子还小，要是没娘，人家会笑话他的。

儿子不能没爹。

儿子不能没娘。

不能没爹！

不能没娘！

……

意见没统一，日子继续过。芋头叹息。莲花续上一缸茶。

儿子二十三岁那年。

芋头说，这日子真没法过了。莲花说，可不，这日子真没法过了。芋头说，莲花，你是这么想的？莲花说，我是这么想的。芋头说，那好，我们去离婚吧。莲花说，好好好，我们去离婚。

天未亮，公鸡唱头遍。

芋头说，莲花，你睡着了没有？

莲花说，没有，睡不着，你呢？芋头。

芋头说，我也一样。老想到儿子，儿子今年都二十三了，还没讲媳妇。

莲花说，可不是，我们都是几十岁的人了，还在闹心。要是我有闺女，决不放这样的人家。

芋头说,是呐是呐,谁愿意放这样的人家呢?几十岁的人了还闹分家。

夜好深,夜好沉,是黎明前的黑。

芋头突然又翻了个身,以脚撞莲花,说,莲花我们还是不离了吧。

莲花说,好,不离。

芋头说,不离好哇,不离好哇。一只脚还特不老实。

莲花嗔,你想要就过来呗,别老用臭脚丫子撩我好不好。

星在移,斗在摇。

咯咯喔喔……

不知不觉之中,郊外的公鸡又唱起来了。

这夜哇,忽然亮了。

那照片删除了

头头对蕊儿说,以后你就跟着古工学了。

蕊儿热情地伸出纤手说,您好!古工,请多多赐教。

古工原名古原,变电工程师,所以人称"古工"。之前,古原只听说要他带个徒弟,没想到竟是刚分来的女大学生,而且与鱼儿好相像。鱼儿是他上大学时的女友,毕业回到父母身边后,渐渐地,二人疏远了。终于,两年之后,鱼儿成了别人的新娘。得此消息后,古原心痛欲裂,三年多恋情,鱼儿已铭刻他的心里。

怎么?不想带我这个徒弟?蕊儿将柳眉一扬。

呵呵，哪里哪里。古原意识到自己的失态，忙将双手往工作服上揩了揩，便轻握着那只小手掩饰道，才摸过变压器，手脏。头头见状哈哈大笑，说，好！手也握过了，从今日起，你们就是师徒了，到时补个手续吧。古原明白，本企业规矩，大学生试用期间都要签这么一份师徒协议。他也曾签过。

蕊儿不但长相肖似鱼儿，而且也如鱼儿敏感聪慧。譬如，古原给她传授专业技术时，她总会不失时机地泡上一杯绿茶。古原就会想起鱼儿，鱼儿也会为他泡上一杯绿茶。古原喜欢喝浓酽的绿茶，浓茶提神。蕊儿开始给他泡茶时，总是淡淡的几片叶子。他就提醒：多放点茶叶好吗？后来，不用古原说，蕊儿凡给他泡茶总会比别人多放几片。此情此景，常常让古原又穿越到那座校园，他的眼睛便不自禁地潮润了。

古原来电力公司时，单位住房较富余。他分到一套小房子，只是单身一人不想做饭，也就常在食堂用餐。蕊儿没有他幸运，招聘来时房子早分完了。她就住在市内的父母家，因离单位较远，中餐就在单位食堂解决。

有一天，蕊儿对古原说，师傅家里有炊具不用，是浪费资源呵！古原一瞧蕊儿提着菜蔬鱼肉，明白是怎么回事，便玩笑着说，好哇，以后你当采购我做厨师，我俩就能天天在一起吃饭啦。蕊儿便羞红着脸嗔道：美得你！

可是，好景不长。

不知为什么，一连数天，蕊儿没再带菜来"搭伙"了，又恢复在食堂里就餐，而且在一起工作时蕊儿对他也多了几分尊敬。

古原便无缘由地感到空虚和失落。难道说自己爱上了蕊儿？想到这里，蕊儿的一笑一颦就反复地浮现在眼前。于是，他就在房子里烦躁地踱来踱去，吃啥都没滋味了。更让他不解的是，蕊儿一连几天没来上班了,而且又不给他信儿。他拨她手机,都是关机。他去问头头,头头只简单地说蕊儿请假了。他怅惘极了,想给她家里打电话,可是又不知号码,就恨自己糊涂,怎么不早问问她呢?突然想起蕊儿曾用市内号码给他打过电话,是不是她家的电话呢?管它呢?他就翻出所有的电话记录,排着试打过去,还真让他碰着了。

接电话的是蕊儿的父亲,说蕊儿住院了。古原就迫不及待地问在哪个医院哪个病室。蕊儿父亲在得知来电者是蕊儿的师傅时,就说出了蕊儿就诊的医院与病房。

当天,古原就手捧鲜花赶到蕊儿的病室。当蕊儿从古原手中接过花束时,双颊艳若桃花,她娇羞地对古原说:回答我,为什么送我玫瑰?

古原却盯着她反问:回答我,为什么住院了也不告诉我,还总关机。

蕊儿就耷拉着长睫毛淡淡地说,住院时,医院疑似"非典",我想这下全完了,所以我不想告诉任何人。幸好不是,昨天确诊了,说是一般性肺炎。

就这么简单?

就这么简单!蕊儿嫣然一笑,说该你告诉我为什么了。

因为我爱你。古原附在她耳边轻轻地说。

蕊儿却将头一偏,突然严肃地问:是不是因为我像你原先的女友?

古原一怔,便在蕊儿的注视下坦率地说:是的,原先有点,可是现在没有了。真的,现在我眼里只有你。

表白过后,古原一阵轻松,就追问蕊儿,你是怎么知道的?蕊儿扬眉一笑,忘啦?那天你叫我去买啤酒时,不是将钱包摞给我的吗？

古原听罢恍然大悟，记起钱夹里有一张他与鱼儿在校园的合影。难怪她忽然不"搭伙"又恢复吃食堂了。原来她从那张泛黄的照片里瞧出了他心里还在收藏着鱼儿。

几天之后，古原手捧鲜花再访时，蕊儿已出院了。

会面是在蕊儿的闺房里。

古原说，蕊儿，那张照片我已删除了。蕊儿微笑着迎了上去，顽皮地说，哦，是吗？怎么证明呢？古原听罢窃喜，就一把将蕊儿紧紧地揽在怀里，一遍一遍地拥吻着。吻着吻着，古原忽然惊叫起来：蕊儿蕊儿，你怎么流泪了呢？应该高兴哇！

蕊儿什么也没说，却将一双纤手吊在古原的脖子上，身体也便软沓成了一摊糯米糕。

告　别

父亲蹒跚着向山中走去，父亲是去告别的。

昨天，儿子来了电话。儿子在电话中说，爸，新变电站落成投运了，老变电站就要在明后两天内拆除。儿子在市电力局任职，几次要接父亲，父亲总是推辞。父亲放下电话轻轻地一声叹息，叹息自己再也找不出待在这儿的理由了。

来到半山腰，父亲的腿更沉了，父亲扶着一棵松树喘息着，从衣袋里摸出烟和火机，点了，猛吸一口，又咳嗽着前行。父亲知道这一走，也许就不会再来了，也许还会来。谁料想得到呢？毕竟是一把年纪的人呵。

父亲又吐出一圈烟，烟雾中仿佛又回到了四十多年前。

那时正年轻，他，香荷，还有亮瓦。呵呵，如今只剩下他一个人喽。他们都先后走了。亮瓦走时，才二十六岁，惨不忍睹，全身被电弧烧焦了。

父亲想到这里就不禁打了一个冷战，是山区的清晨太凉么？不应是，节令已到谷雨了呵。父亲又迷信起来了。真是天意哩！假如那天停电检修，亮瓦不顶替他登杆作业的话，走的就不是亮瓦了。

那天，现场指挥本来是安排父亲上杆作业的，可是那天的父亲特别萎靡。原因是父亲先天收到一封信，父亲不能满足女友调回市里的要求，谈了两年的女朋友与他拜拜了。

那时这山旮旯里叫"三线"，有兵工厂，有大铁矿，有钨矿等，还有一座在当时来讲，规格最高的 110 千伏变电站，有两条 110 千伏输电线路和数条配电线路。父亲就工作在这里，亮瓦也是。后来，母亲香荷也来了。父亲和亮瓦是线路工，母亲是变电工。

那时，房挤。父亲和亮瓦是铁哥们，就挤住在一个小寝室里。亮瓦瞧见一夜未睡的父亲那萎靡的样子，就要求现场指挥由他上杆作业。现场指挥同意了。没想到被停了电的兵工厂不知从哪儿弄来一台柴油发电机，未通知电站就启动发了电，也是现场指挥太大意，没有在连接厂家那端导线上挂接地线，从而形成了回路，倒送电。于是一个鲜活的生命就陨落了。

面对着亮瓦烧焦了的遗体，母亲欲哭无泪。母亲肚里已怀着两个月的毛毛。这个事除了母亲和亮瓦知道之外，只有父亲。父亲还知道下月母亲的学徒期一满就会与亮瓦登记结婚。那时，学徒是不允许谈情说爱的，发现就会被开除。那时全国搞计划经济，找工作难啊！母亲来找亮瓦时，父亲就遛到变电站后面的大山里听鸟叫，将空间让给母亲和亮瓦。

料理完亮瓦的丧事，母亲哭丧着脸问父亲怎么办？父亲正抽着烟沉思。父亲说你给我三天时间，三天之后我答复你。三天之后，父亲对母亲说，亮瓦是替他死的，为了保留亮瓦的骨血和母亲的饭碗，父亲愿意同母亲登记。

父亲蹒跚地来到一块墓地。父亲站在紧挨的两座坟墓之间就不动了。父亲望望左边又望望右边，两边都是芳草萋萋的坟茔。一座是香荷的，一座是亮瓦的。

此时，太阳从对面的山坳里露出半张脸，将它的光芒洒在父亲的脸上。父亲风霜的脸有些凄楚。父亲蹲了下来，从工具袋里取出几样熟食、水果，还有烟酒，摆放在两墓的中间，又抖抖地掏出一沓冥纸，边烧边念叨着什么。然后，父亲坐在坟头的草地上，自个儿掏出烟来，点着，吸着，唠叨着：

香荷、亮瓦，对不起喽，我真的要进城了。儿子说这座变电站，老了，完成了它的历史使命，就要来人拆除了。我不能再在这里待了。我要随儿子进城了。你们要高兴啦。呵呵，我知道，我一进城，你们就会更加寂寞了。

香荷，那年你临走时拉着我的手说，要我再续一个。可那时儿子太小，才六岁，我怕他委屈哩！还怕对不起你和亮瓦兄弟，我就没有听你的话。心想等儿子长大以后再说，可这一等啊就没有机会了。矿产枯竭了，兵工厂也搬走了，没人来这儿了，我也老了，这儿冷静了。先是变电站改成了无人值班站，与我们同来的，都陆陆续续地走了，我舍不得离开这熟悉的电站就改行做了守站员，也是怕清明节没人来看你们哇，才没走。可如今，唉——

太阳有一竹竿高了。父亲的脚下已撒了一地的烟蒂。可是，父亲依然在一根接着一根地烧着香烟，久久不想离去。

虎哥的故事

　　虎哥很幸福，月妹也很幸福，虎哥与月妹住在幸福小区里。幸福小区的人们都很幸福，他们热不着冻不着，夏天有空调，冬天还是有空调。就这么着，虎哥与月妹在一起幸福着，一起幸福着十来年，还创造了一个幸福的儿子。

　　转眼，儿子幸福地上学了。也巧，同龄的孩子大多要请家教，虎哥家的孩子却不要，虎哥家的孩子成绩好，用不着操心。于是，用不着操心的虎哥与月妹就更幸福了。孩子没上学时，虎哥与月妹除了上班，还要为孩子忙乎一阵子。孩子上学后，反而空闲时间多了，不那么忙了。

　　虎哥与月妹虽比不上那些腰大膀粗的大腕大款，但是他俩单位效益好，小钱还是年年有余。所以用不着削尖脑袋另找门道弄钞票什么的。虎哥说，闲就闲着罢。月妹说，闲着也好，可以多看电视。

　　其实，人太闲了，也不是好事，要不，为什么古人说，无事生非哩！一天，正闲着的虎哥在幸福的小区里转悠着，转悠着……不巧迎面碰着张三。张三说，虎哥跟我打麻将去好不好？虎哥说，不嘞，我还要陪月妹看电视。张三又说，看电视有什么味，都是老套套。虎哥想了想，还真是这么回事，电视确实乏味。于是他就不经意地跟着张三去了。这一去，就无法收拾。

一天，迷上麻将的虎哥放下碗正要往外蹿，却被月妹叫住了。月妹说，虎哥，陪我看电视好不好？今晚电视可好看哩，是《橘子红了》！虎哥说，有什么好看的，我最不爱看言情片了。说着就将门轻轻地碰上，走了。空房里留下月妹一声无奈地叹息。

一个周末，趁着吃晚饭时，月妹说，虎哥哎，今晚一起去兜风好不好？未结婚时，虎哥常常用摩托车带着月妹在这座小城的大街小巷里兜风。她就紧紧地箍着虎哥的腰任凭他带到哪里，累了他们就幸福地依偎在河边栏栅旁说着那不着边际的情话。那时，她是何等幸福。后来，有了孩子他们去得少了，但也没断过。月妹说这话时一双好看的眼睛始终盯着虎哥。虎哥回答时却将视线移开了，他说，先天就约好的，张哥他们正等着我哩。要是我不去。三缺一，不知人家会怎么说我不讲信用哩！虎哥说到这里象突然想起什么似的补了一句：噢，月妹，要是你觉得电视乏味，你就去上网吧，听人讲网络游戏很好玩。月妹就恨恨地剜了他一眼，接着就是一声长长的叹息。

那晚，月妹真去附近一家网吧上了网。尔后，她干脆在自己家里开通了宽带网。从此，虎哥去打麻将，月妹就在家里上网。幸福小区的男人们就更觉得虎哥幸福了。他们常常拿自己的堂客与月妹比：瞧人家月妹几多贤惠，男人打牌从来不管，哪里像你啰里啰唆的！

可是半年之后，一条爆炸性新闻让幸福小区的人震惊了。月妹在网上认识一位网友，而且爱得死去活来，便义无反顾地与虎哥拜拜了。

虎哥好伤心的。受了伤的虎哥与他的麻友谈起这件事就有一种愤愤不平，他说：网络太厉害了，太厉害了，晓得是这，我崽就准她上网！

麻　将

虎哥迷恋麻将,常常冷落月妹。月妹没法就上网聊天,聊到后来就跟着网友跑了。

月妹出走后,让幸福小区的男女们嚼了好一阵子:哎,儿多好的一对呀,没得信就散了,这是啥世道啊!

那些天,虎哥感到没面子,就像打瘟的鸡公一样没点儿精神,干啥都不上劲,甚至连至爱的麻将也不想玩了,逢人还不厌其烦地说,唉,网络太恐怖了,太恐怖了哟。

一天,虎哥又在麻友张三面前念叨着"太恐怖了,太恐怖了"。其时,恰逢张三被老婆从麻将桌上拽了下来,心里正烦。人一烦就没好话。这不,张三就粗声大气地说,虎哥哎,不是我讲你,你都快成祥林嫂啦。剩饭炒三次狗都嫌,何况是剩话呢?不就一个女人吗?再找个不就结了?又不是党的基本路线,非要年年讲天天讲不可。这番话呛得虎哥愣愣的,可是愣过之后却让他清醒了,是呵,为啥非要在一棵树上吊颈呢?世上女人不是很多吗?于是,虎哥又像换了个人似的。笔挺的衣装,锃亮的皮鞋,头发还不时地整成潮流型。

男人与女人找对象的观念大概是不同的,特别是再婚男女,女人再婚时,眼睛总是睁得大大的,什么收入,地位呀,单位、个头呀,还要加上一条不着边境的感情等等,还没架势就编织了许多绳索把自己捆绑得紧紧的,再加上"一朝被蛇咬,十年怕井绳"

的心态,就更不敢冒然而进了。而男人就不同了,再婚时往往注重的是年龄看相,若某女靓丽,他们可以忽略该女的其他条件。这现象似乎也在幸福小区里得到了验证。幸福小区里的独居女人多,可少有月妹那样的好命,大多是高不成低不就,让岁月无情地爬上脸颊,刻在额头。幸福小区的孤男们,却少有等很长时间再娶的。他们往往迫不及待地携上一位在外表还算光鲜的女人,在圈内炫耀一番,至于是真品还是水货,他自己不说,别人也无从知道。

果然不多久,虎哥携着一位女人的手在幸福小区里散步了。那女人身段宜像月妹,开始人们还以为是月妹回来了,可是,走近一瞧,不是月妹,却比月妹年轻。那些天的黄昏,虎哥老牵着那个女人的手溜达在幸福小区。小区的人都知道虎哥的小九九,他是让月妹父母看的,也是让全小区人看的。他是在洗刷被月妹抛弃的耻辱哩,是在重拾男子汉的尊严哩。

虎哥娶了嫩老婆的事很快就在幸福小区里传开了。这事让幸福小区的男人们就像打了鸡血针一样,兴奋了好些日子。为此,他们打起麻将来更加起劲了,有的还通宵地打,甚至有些肆无忌惮,仿佛他们也能如虎哥一般打出一个"桃花运"来。

那天,张三老婆不懂味又来闹场子。这次张三一反常态地反吼道:你又来扯蓬是不是,你以为我怕你离婚哇?虎哥不是离了么,结果怎么样,你又不是没看到。告诉你,今儿我就是要把麻将进行到底,看你把我何解?张三老婆被镇住了,她只好喃喃着"你狠你狠"地退了出去,让在场的男人们痛痛快快地大笑起来。

虎哥听说这事之后,心里很不是滋味,与雪妹结婚之后,手头紧巴多了。他也深切地体会到,居家过日子光有漂亮脸蛋还是不够的。从此,他再也不带年轻的雪妹在小区里转悠了。更让人纳闷的是,随后,麻将桌上再也见不着虎哥的脸了。

一天,张三对虎哥说,好久没见你玩麻将了,今晚我们去搓几轮如何?虎哥坚决地拒绝道,对不起,我戒麻将了。张三不死心就激他说,是不是你手头有点紧?虎哥铿锵有力地回答说:算你说对了,雪妹下岗了。但更重要的是,因为麻将我失去了月妹,我不能再因为它而失去雪妹了!

女诗人的浪漫故事

离登机时间只有三十几分钟了。

董一会儿看看手表,一会儿又朝候机室的大门口张望着。登机的安检通道已打开了,道口已排起了长队。董却在焦急地张望着,她在张望着什么呢?

董这次出行的目的地是伦敦。她是应一个蓝眼睛男人的承诺去结婚的。如果行的话,她就打算在那儿定居下来。她与蓝眼睛是在网上认识的,论年龄她比他要小一轮。可不知为什么,竟让他俩撞出了火花。

董自去年父母相继过世之后,觉得在这片土地上再也没有人爱自己和在乎自己了。虽说,她还有一个儿子。可儿子一直跟着前夫生活,对她总是不咸不淡的,甚至有些陌生。尽管如此,她对儿子的爱还是时刻牵挂于心。有人说,她之所以将自己远嫁英国小老头,不是爱情,而是为了儿子将来能够出国。儿子在国内一所三流大学生就读,发展前景不容乐观。

　　她知道此一去，再想回来的话，不会很容易了。于是她在三天前就把登机的时间告诉了儿子，还告诉了她的前夫和她曾经的情人，因为她毕竟曾真心地爱过他们。

　　前夫晓军是她的大学同班同学，前夫比他八岁。那时，同班同学有相距十多岁的。那座校园里，留下了他们许多的浪漫故事，也留下了她许多的回忆。

　　董上大学时适逢 20 世纪 80 年代初，正是文学兴旺时期。她如众多文学青年一样，做着文学梦。她说她跟徐刚学过诗。这可能是真的，她有一本徐刚的签名诗集。她本人的诗也写得非常出色，属浪漫主义流派，有一首曾发表在市报上，让许多文青顶礼膜拜了一回。

　　其实，作诗与做人还是有区别的。作诗尽可以浪漫，哪怕你浪漫到火星上，谁也不会说你什么，还会赞叹你想象丰富。而做人就不同了，做人太浪漫了，就会遭闲话。有时闲话能将人吞没。董的第一次婚姻就是这样被吞没的。

　　当前夫向董提出分手时，她建议说，亲爱的，我们去旅游一次好吗？前夫虽不情愿但还是应承了。

　　于是，她和前夫就周游了半个中国，并在许多著名景点留下了他们相依相偎的倩影。旅游期间，她的前夫又一次感受到浪漫女人其实也有许多的可爱，心便动摇了，打算旅游之后撤销自己的离婚申请。可是当他们一踏进家门，董就对前夫说，我们现在就去民政局。她的前夫说，明天去还来得及嘛。她却很情绪化地说，不，现在就去。并且很情绪化地将儿子让了出去。不过他的前夫还是划拨了一半财产给了她。

　　董离婚之后不久，便与一位小她十岁的白脸男人演绎出一段浪漫的故事。她与那白脸男人第一次相会，便被感动得热泪盈眶。白脸男人说，他曾是她的崇拜者。白脸男人还随身拿出当年那张登载着董诗的旧报纸。那段时间，董与白脸男人经常携手并肩地出入市内较有名气的咖啡屋、酒吧、音乐厅等公共场所。

董的熟人瞧出那不是爱情，就提醒董，要她当心点，别被白脸耍了。可董不爱听，还把别人好心当成了嫉妒。当董倾其所有帮助白脸男人在市内开了一个茶社之后，忽然有那么一天，白脸男人对她说，董姐，你不用再找我了。我现在已有女朋友了。白脸男人又说，董姐，你对我的帮助我是不会忘记的。突如其来的打击让董非常震惊，可她还是不失诗人风采，很潇洒地挥挥手，不带走一片云彩。她想，他年轻，应该有另一种生活。她对小白脸恨不起来，要不然她也不会把自己出国的消息告诉给他的。

安检口的人越来越稀了，最后只剩下董一人。

董还在张望着，惹得着制服的安检员瞪着疑惑的眼打量着她。

他们不会来了。董打心眼里一阵悲戚，便将头发往后一甩，毅然决然地向着安检口走去。她按要求出示了护照、机票等，顺利地通过了安检口。显示器没有发出"瞿瞿"的报警声。可就在此时，她仿佛听到一个久违的声音在喊：妈妈。

她蓦地回头一望，只见儿子站在安检口的另一边，高举着一块标牌，上写着：妈妈，你不走好吗？而在儿子的身旁还站着两位男人，一位四十多岁，一位三十多点年纪的脸有些白。

顷刻，董泪流满面。

车　变

周六是个休息日，儿子到姥姥家去度周末了。他正想出门，却被她叫住了。她说，好久没一起上街了，能陪我吗？他皱了皱眉，脚便不自觉地停了下来。她看出了他的不情愿，便叹口气说，要是为难，那就算了。说完她转过身又忙家务事去了。瞧着她不再年轻的背影，他心里便有几分自责，于是也轻轻地叹息一声，说好吧。

他先下了楼。楼下是他家的小车库。他习惯地朝库房走去，打开卷闸门，登上黑色别克车，起动，小车徐徐地出了车库。此时，换了着装的她恰好也到了楼下。他便轻轻点了点刹车，于是那车便听话般停在她的跟前。他打开车门，并向她做了一个请上车的手势。她却摇了摇头说，不，今天我不想坐汽车，只想坐单车。

他以为自己的耳朵出毛病了，还是发动机声音稍嘈杂了盖过了她的声音。于是他开口问她，你刚才说啥？她又平静地重复了一遍说，今天只想坐单车。

她的回答让他大感意外。他硬是呆盯了她好几秒钟，如同盯一件刚出土的文物。如今谁不以有私家小车为荣。他们家有了。她倒好，放着现代的交通工具不享受，居然不忘那辆单车。原先可不是这样的哇！记得小车刚买回来时，她是何等的钟爱。每逢双休日，她就串通儿子要他开车去郊外兜风。不知从什么时候起,这份兴致就渐渐地淡了。噢,对了,是莉莉上了他的车,被她发现之后。他解释说,莉莉是他的客户。其实不是,莉莉是一家休闲中心的领班。他们是在游泳时认识的,后来发展成了那种关系,于是他便成了"家外有花"的男人。

其实,男人有了外遇,妻子是最能感觉到的。她知道他在撒谎,便对他有了看法,进而对那车也有了忌讳。每当她屁股一落座,就会想到那个风骚女人才坐过,心情也就糟透了。于是她就想到了从前。从前他们刚开始创业时,很穷,跑市内业务靠的就是一辆永久牌单车,有时他骑,有时她骑。后来业务做起来了,有了摩托,继而又有了小车。回想起来,最值得怀念的还是那段骑着单车打拼的日子了。记得那时每做成一笔大点的业务,他就用单车驮着她去河边那家特色店吃臭豆腐。她就用手紧箍着他的腰,耳贴在他的胁下,可以用上浪漫二字了。

要不是看到她已泛黄的脸在阳光的照射下更显得憔悴,要不是想到这张脸是为他和儿子而憔悴的,他准会脱口而出:"神经病"。他极不情愿地将别克倒回车库,推出那辆"永久"。那单车已灰尘扑扑和锈迹斑斑了,轮胎也扁了。趁着他返回车库去找打气筒的时候。她蹲在单车旁用手纸深情地擦拭着。记得有了摩托车之后,他就想把它处理了。是她坚持留着它作个纪念的。

单车经过擦拭和打气之后,又有了模样。他正要跨上去,她却说,哪有穿着时麾衣服骑单车的,你去换套随便点的。他这才发现今天的她穿着很简朴,难怪特别老相呢。

上路了,她就将一双手环绕过来。此刻,他才明白过来她的良苦用心,她是想找回逝去的感觉呢!他觉得有点可笑。时间不饶人哩!都十多年了,别的变化不说,光肚皮就膨胀了一圈,快箍不住了吧。何况人的心呢?他正这么想着,转弯时突然一辆豪华奔驰直冲他而来,他猝不及防,心一慌单车就倒了。完了,他痛苦地闭上眼睛。就在这千钧一发之际,他感觉到被重重地推了一把,也就在此时,那大奔"哧"的一声在他们面前站住了。真险,只差那么一厘米。他安然无恙,她也只受了点轻伤。

此时,奔驰门开了,探出半截肥佬来。那肥佬一瞧现场,不无嘲讽地说,你们真浪漫呵,大白天就在马路上滚成一坨!听着这话,他想回击点什么,可是一眼瞧见车内的那位红衣女子正在惊愕地打量他时,他一句话也说不出来,就匆匆地扶起为他而受了轻伤的她,让小车绝尘而去。

半晌,他才醒过来似的,朝着渐行渐远的奔驰憎恨地啐了一口:呸!滚远点!

族　规

三愣子敲着铜锣,从寨的东头敲到西头。三愣子边敲边喊,贯爷有令,全寨男女都到禾坪集合,今天他老人家要执行家法,各位父老乡亲务必到场喽。接着就是几下"哐哐"的锣声。

贯爷今天要执行的家法就是要当着众人的面将他的儿媳活活地烤死。

巳时时分,贯姓乡亲们都鱼贯地赶到了禾坪。坪的南侧立着一块贞节牌坊很醒目,相传是贯家寨为某朝某代一位烈女竖的。

坪上方的几张木椅上早已坐满了人,他们都是大、二、三、四、五房德高望重的长者,正中一位花须飘飘,是族长,大房的贯爷。

今天贯爷，长袍马褂，一脸严肃，甚至严肃得有点可怕。难怪，儿媳居然在男人过世两年后又身怀六甲了。这是丢人现眼、败坏族规家风的大丑事。自太公开基以来，历时二十一代，贯家寨对这样的事处罚严酷，同杀人放火，一律绑在石柱上烤死。

女人被绑在西侧石柱上，周围是四堆干柴火，中间立着定时旗杆。女人头发蓬乱，依然掩饰不住脸庞俊秀。

禾坪，人越聚越多。还有少年儿童，显然是来瞧热闹的。他们望望严肃的贯爷，又望望绑着的女人。有的摇头叹息，有的冷眼旁观，还有的交头接耳、窃窃私语。

此时，一老妪带着香纸，蹒跚而至。人们纷纷为她让道。老妪是女人的婆婆，人称贯婆，是为女人来送行的。

贯婆来到女人面前，摆上熟食果品，要给女人喂食：闺女呀，你先吃点。

女人摇摇头，说我不想吃。

贯婆立马涌出泪来，说，闺女啊，你千万别记恨公公。他也是没法子，是宗法家规啊！

女人点着头，很平静地说，婆婆放心，我不会怪谁的。我知道这都是命。实话说了吧，打从礼明去了的那一天，我就有了"死了百了"的打算，可我不甘心呵。

女人命苦，女人在男人病入膏肓的时候，被买来充当"冲喜"的药物抬进了贯家，当时，当地，人迷信这个。可是，才圆房两天，男人就成了短命鬼，喜事成了丧事。

做女人就是命苦哇，唉，要是礼明伢儿在世的话也不至于。贯婆唠叨着。

女人没有回应贯婆，女人想起了英俊的小裁缝。小裁缝是贯爷请进院门给一家子做衣裳的,小裁缝使女人成了真正的女人。临死之前的女人多想再瞄上一眼小裁缝呵,可是女人又知道这是妄想,再说她也不想小裁缝来冒这个险。

贯爷望望天又望望旗杆,贯爷是在看时辰哩。只要午时三刻一到,他就立马下令,女人周围柴火会同时点燃,女人就会在"水呀水呀"的呼叫声中死去。这是祖宗留下来的宗法,谁也改变不了。

望过天空的贯爷将捋须、起立、双手朝着众人打拱道,各位父老乡亲,我贯某人家门不幸哪!也不知我大房前世造了么个孽。不说你们也看到了,今日我是代表贯家祠堂来行家法的。

贯爷正说到紧要处,不料,有人在悄悄地议论:

都"民国"三年了,还家法族规的,太不把人当回事了嘛。

瞧那女人,都身怀六甲了。女人即使不守妇道,可她肚里的孩子还是无辜的哇!

听着议论,贯爷的脸一阵红一阵白,便不再多言,满满装上一锅烟,用纸明子点了,吧嗒吧嗒地吸,像在沉思又像在等待。

三愣子来报,贯爷不好喽,向家村那边来了不少人,个个手中执着家伙,准是来抢亲的。

抢亲?这在天高皇帝远的湘西辰州五溪四十九寨,倒是合俗。不过,那都是抢的黄花闺女啊!怀孕的寡妇,谁要?

坐在椅子上的族中元老,有的沉不住气了,悄悄地催促贯爷:快,把事早点结了。要不,真的让向家人抢了去,将来贯家的女人都剪鞋样的话,到那时就更对不起老祖宗了。

贯爷没理会,他抬头望望天,坚定地说,不行!祖宗的规矩不能变,时辰还没到哩!

三愣子又火急火燎地来报,贯爷,向家人已奔到寨口了,带头的就是在你家做过事的小裁缝哩!

贯爷答应着知道了,眼睛却依然瞧着坪中的旗杆。

又有族中元老建议趁早点火,好断了向家人的想法。

贯爷说,不成,还不到三刻哩,祖宗的规矩不能改。

说话间,向家人已冲进禾坪。

贯爷抬头望望天,然后将烟斗一挥,说时间已到。

立马,女人的周边火焰开始升腾。

也就在此时,小裁缝不顾一切地冲进火海,他割断捆绑女人的绳索,背着女人在众人的护卫下消失在弯弯山道。

望着远去的一干背影,贯爷叼着烟袋摇晃着脑袋往家走去。

若干年后,贯爷驾鹤西归,灵枢上坟山时要经过向家村。天未亮,向家村口早有一干披麻戴孝男女跪在路旁恭候,灵枢一到,哭声泣声一片,为首的竟是小裁缝和女人。

其时,大雨如注,灵枢沉甸甸的。

老手机

财务部小梅长得漂亮,脸是脸,身是身,胸是胸,腰是腰,还是个大学生,可是25岁了还没处对象。

两年前,小梅刚从学校聘来时,有许多青皮后生老往财务部跑。部里王大姐清楚,这些人都是冲着小梅来的。其中有个还向王大姐打听过小梅的情况。这个人就是用电稽查部的张哈达。哈达这个人有点怪。这两年单位效益上去了,有些人就比着换手机,还说手机如情人,情人要不断地更新,这才叫着时髦。可张哈达一部手机用了好几年也舍不得换。还有一件鲜为人知的事:有一位客户偷电,被抓了现场。找到他说只要少罚点,就送他一部彩屏带摄像最新款式的手机。张哈达就晃了晃老手机说,手机嘛,能通话和发短信就足够了,要怎多功能干啥?多功能也就多故障,找烦啊?那人便悻悻地走了。

很可能因为张哈达是这样不好打交道的男人,所以快三十岁了还是独身一人。

当时,王大姐也不知道小梅到底有没有男朋友。王大姐便对小梅说,局里有人看上你了。小梅就莞尔一笑,说自己早有了。王大姐就追问男朋友在哪里?怎么怎长的时间也没打个照面呢?小梅又是莞尔一笑,说远着呢,在齐齐哈尔,是她的大学同学。王大姐就把这条消息透露出来了。可是没人相信,张哈达也不信,照来不误。小梅便觉得问题有点严重了,便在自己的桌面的玻璃板下压上一张照片。照片是一位很英俊的小伙。这一招果然见效,从此以后,来财务部的小伙就渐渐地稀了,张哈达也不来了。

日子就这么悄悄地溜走了。忽然有一天,小梅的眼睛红红的了。原来小梅的男友嫌两地分居,移情别爱了。随后,人们发现小梅玻璃板下的那张英俊小伙的照片也不见了。小梅也显得郁郁寡欢的,没了往日的精神。这事让细心的王大姐发现了。王大姐就劝小梅:唉,断了也好,天长路远的,还不好调哩。王大姐见小梅不搭腔又接着说,五条腿的驴不好找,两只脚的小伙子多得是。这话倒把小梅说笑了。小梅曾听到过"驴有五条腿"的故事,那是坏小子们常说的浑故事。王大姐一见小梅笑了就更加得意地说,赶明儿我就给你介绍一位。

双休日。王大姐真把电话打到小梅的手机上,说是给她物色了一位俊男，要她去瞧瞧中不中意。小梅听罢一怔，原以为那天王大姐是说着玩的，没想到她还真是个热心人。可小梅还是有点那个，觉得自己是跨世纪的大学生，还要接受这种古老的相亲法，太没档次了。但是她又不好意思拂了王大姐的好意，就决定去应付走一遭。

不多久，小梅就素面朝天地赶到王大姐家门口，她伸出玉手摁了门铃。给她开门的是张哈达。张哈达今天西装革履，比平时添了三分英俊，倒让小梅眼睛一亮，问：嚯，你怎么来了？张哈达反问：耶，你怎么来了？小梅说是王大姐找她有事。张哈达也说是王大姐找他有事。两个人都是有文化的人，一下子都意识到了王大姐的良苦用心，便会心地一笑。

恰在此时，王大姐便从厨房里走了出来，说大姐今天过生日请你们吃顿便饭……小梅就打断王大姐的话说，大姐你莫讲了，我晓得你的意思。小梅忽然又想起一件事就对张哈达说：听说你有部老手机一直用着，舍不得换，是什么宝贝啊，能不能让我瞧一瞧？张哈达就从西装内口袋里掏了出来递给小梅，小梅一瞧这手机的型号确实很老了，没有什么可欣赏的。然而，手机翻盖上的一行字却让她心灵为之一震：送给亲爱的哈达。落款是：葵。

“葵哪？”小梅盯视着那行隽秀的小楷字问。

“她已去了天国。”张哈达伤感地说：“四年前的一次车祸。”

……

后来小梅就嫁给了张哈达。有熟人偶问小梅，看中了“怪人”张哈达哪些。小梅就说，这人忠诚，又重感情，靠得住。

手机信息的浪漫

叮当，泉水般的声响从西装内口袋内传了出来。张三知道是手机来信息了。张三设置的信息语音就是这样的声音。

张三急忙掏出手机打开翻盖，落入眼帘的是：读新信息？

当然，张三迅速地按了确定键。

于是一行醒目的字跳了出来：亲爱的，还好吧，我好想你哦。

张三一激愣。说实话，自配手机以来，张三还没有收到如此心跳的短信息，即使自己的妻子也从未发过此类信息。

"这是谁呢？"张三又仔细察看了手机号码，号码很陌生，"一定是谁发错了。"张三想到此就联想到，收到的那些莫明其妙的短信。如"恭喜你中了某奖某彩"之类，又如"我与男友分手了，很苦闷，你能与我聊聊吗？"等，对于这类信息，张三一眼便能识破这是陷阱，就会不屑一顾地按上"删除"键。还有，张三在不是自己生日之日收到"祝你生日快乐"，在晚餐前收到"有空吗，去老地方喝一杯？"等。碰到此类发错的短信，张三有时会幽默地回复："谢谢你把我的生日记错了。"或"我已醉了，不用再喝了。"当然更多的是，报以一笑，按上"删除"键。

巧的是，此时的张三特无聊。无聊是因为开大会，发言者正在台上唾沫四溅地炒剩饭。张三就萌发出调调口味的念头，便戏谑地打上"亲爱的，你是谁呀？"回复过去。

很快的，那边又回复过来了：亲爱的，这么快就将我忘啦？

这一下倒让张三吃惊不小，没想到刚才收到的那条信息不是错发的，而确确实实是发给自己的。不过张三还是感到很受用，毕竟被人称为"亲爱的"是很幸福的。为了谨慎起见，张三斟酌再三，就用了这么一句回复过去："你手机号码很陌生，能告诉芳名吗？"张三的用意很明白，借打听对方名字之时又将自己的性别定了位。

"我的名字不重要，重要的是，我知道你是张三。"

张三一瞧这回复，明确了发信息者是熟悉自己的女性。难道说还有谁在暗恋着自己？又是谁呢？张三有点飘飘然了。他搜肠刮肚将自己所钟情的美女梳理了一遍（谁也不愿意暗恋自己的人不美貌或不英俊），最后就锁定在大学同学慧上。

张三仿佛又回到了十年前的校园生活。东湖畔，垂柳依依，晨风习习。为了过英语的口语关，他们面对面地坐在青草如茵的坪里，念莎士比亚名剧《朱丽叶与罗密欧》的台词，用英语"亲爱的"互答曾让全系同学羡慕加嫉妒。可是没想到的是，毕业分配却让他俩劳燕分飞，一个返北，一个回南。脆弱的校园爱情，经不起几度雨雪风霜。三春之后张三终于向现实低了头，与上司的千金结了连理。不过，张三的梦里，还是常常有那清风明月般的校园生活以及校园中的伊人。想到此，张三有一种莫名的兴奋，又迅速地打上一行字："难道你是——"张三故意留白地发了过去，他怕万一不是慧。

"想不想见面？"对方又甩来这么一句更撩心的信息。张三按捺不住，就拨了对方的手机号。对方不接。张三无奈，只好以短信聊："不知你在哪？"

"就在你这座城市里。"

"真的吗？"张三窃喜。

"能假？"

"那好，你约个时间和地点。"张三主动出击了。

"晚八时整，黄山路温馨咖啡吧，不见不散！"对方选择了全市最著名的咖啡厅。

"就这么定了。"发出此信，张三就欣喜地收了机。

不过临赴约时，张三多了个心眼，毕竟是头遭遇到如此浪漫而神秘的事，心里没底。他就提前赶到温馨咖啡厅的对面，站在背亮处观察咖啡厅的出入人群，心想若不是自己心仪的人就悄悄撤退。

晚八时整，张三一眼瞄见两位熟悉的倩影出现在咖啡厅的门口，他的双脚就像抹了黄油一般，逃也似的溜之大吉了。

铁　匠

小镇有铁匠，姓顾名铁礅，宝庆府人氏，当年逃难到辰州后落脚小镇。他人如其名，礅礅实实，满身肉疙瘩，抢着铁锤打铁，打得火星四溅。

铁匠开的是夫妻铺子，铺子里摆着风箱、火炉、铁砧、铁锤等。男人打铁，女人也打铁。不过，男人掌钳掌火候使小锤，像师傅。女人拉风箱抢大锤，像徒弟。

女人打铁，小镇从来没有过。于是，顾师傅的铁匠铺便成了小镇一道特别的风景，许多男人打东打西都来这铺子。名义上说是顾铁匠东西打得好，钢火不嫩也不老，实际上是想瞧铁匠的女人。

铁匠女人年轻漂亮，个头儿比铁匠高，也是一身肌肉，却比男人多出两疙瘩。那两疙瘩丰满壮硕，让男人们充满遐想。特别是夏天，暑气蒸人的时候，女人打铁只穿短衫短裤，腰中系一条遮挡火花的麻布围裙，曲线尽显，风情万种。更抢眼的是，女人衫子里面没着乳罩，也许那年头儿不兴乳罩。于是，衫子里面的两疙瘩就活灵活现了，好像两只鸽子扑腾腾地欲将飞去，更是风景中的风景。

小镇不乏想偷腥的男人，他们只恨爹妈少生两只眼睛，白天瞧得不过瘾，晚上接着想，满脑子全是铁匠女人两只欢蹦乱跳的鸽子。当然，想得最邪的是小镇的货郎陈皮。

陈皮也是外乡人，一口远路腔。他冬着棉夏穿绸，头戴一顶礼帽，洋不洋土不土，挑一担皮箩筐，走乡串村。皮箩筐一头是针头线脑、糖果火柴之类，一头则是兑换或收购来的碎铜烂铁、鸭毛鹅毛等废旧货物。陈皮走南闯北，常与乡下主妇打交道，因此嘴巴练得甜，讨女人喜欢。

啊哈，顾当家的，瞧你打铁时的身段，我就想起戏文里的穆桂英和樊梨花，盖了，女中豪杰哩！陈皮在铁匠门口放下货郎担，嘴里说着话，眼睛却不离铁匠女人丰满的胸。

陈老板发财。铁匠女人露出一丝微笑。

哎，陈老板，又收到好东西喽？铁匠讨厌陈皮老是没事找事来这儿喷口水，晓得他不怀好意，便猛地一咳嗽，不满地挖他一眼。

陈皮心虚胆怯，忙收回目光说，可不是，还真让顾师傅猜中了，今儿个在乡下收到一块废钢，一敲，好钢口儿，用在刀刃上盖了，不信我就拿出来敲给你们听听。陈皮说着，瞟瞟铁匠女人，没想到和铁匠女人的目光对接了。陈皮暗喜,原来这女人也在瞟自己哩。这样想着,胆子也就大了。陈皮将那块废钢从皮箩筐里拈了出来,还真"当当"地敲了几下。

铁匠听罢,这才露出一丝笑,对女人说,真是好家伙,替我收下了,顺便找些钱给陈老板。接着,铁匠从炉里夹出一块火红的铁,叮叮当当地敲打。

女人撂下大锤,走几脚,接过货,掂了掂放在脚旁,从衣襟里掏出几张毛票,递给陈皮。

陈皮趁着接钱的时候,觑个空儿,摸了一把铁匠女人的丰胸。

女人在陈皮手背上拍一巴掌,声很轻,淹没在铁匠叮叮当当的锤声里。

铁匠铺的叮当声接连不断,穿越了小镇的雨雪风霜。

谁也没想到,后来,铁匠女人竟跟着陈皮私奔了!女人没拿铁匠一分钱。

小镇人愤愤不平了,说,狗日的陈货郎,瘦巴筋骨的卵样,凭啥就把铁匠女人拐跑了,多水灵的女人啊。

这话让铁匠听了伤感,也常让他想起那晚女人撂出的话:铁礅呵铁礅,你满脑壳都是铁铁铁,就是没有我这个人。当时铁匠正困,没在意,翻过身又沉沉地睡着了。铁匠每每想起这细节,就后悔得直擂自己的脑袋。

后来经人说合,铁匠找了本地一个女人做老婆。女人不会打铁,却会生孩子,一连给铁匠生了三男两女。可是不知为啥,铁匠老瞧她不顺眼,时不时地打她,还专打她的胸脯,打得她嗷嗷叫。

邻居听到了就骂铁匠,狗日的宝庆佬,好狠,打老婆像打铁。

直到儿子长到比铁匠高出半头,铁匠才罢了手。

铁匠还没到花甲，说不行就不行了。

铁匠死后，老婆在清点他遗物时，发现铁匠的铁箱里藏着一对铁打的女人乳房，那乳房饱满壮硕，却和自己的无半点儿相似。

也浪漫一次

"情人节"那天晚餐前的时候，刘家门铃"嘟"地响了。下厨的刘妈正准备去开门。女儿却抢先了一步，女儿转身回来时，便是一脸的灿烂，手里就有了一捧鲜艳的红玫瑰。随着一阵玫瑰花香，女儿已站在刘妈面前。女儿娇羞地说，他送的。刘妈当然明白女儿所说的"他"指的是谁了，就有点羡慕了。作为母亲原本不该有这种想法的，不知为什么竟然有了。羡慕是因为女儿赶上了可以自由浪漫的好时代，而且遇上了一位懂得浪漫的男友，居然出差在外也不忘在情人节为自己心爱的人定送一份爱情之花。

刘妈想到自己结婚这么多年来，几曾收过红玫瑰？记得第一次约会，男友喜滋滋送来的是一张电影票。那时刚刚拨乱反正，一些带点浪漫色彩的老电影刚开禁。那次看的是《柳堡的故事》。那张电影票至今珍藏在她的笔记本里，而那首电影插曲"九九艳阳天"也成了她后来常常哼唱的曲子。她与老伴不知道有情人节。他们只有丈夫、老公，或妻子、老婆。在他们的眼里，"情人"与其说是奢侈品，倒不如说是污秽物，唯恐避之不及！后来媒体将明媒正娶的丈夫妻子也统归于"情人"之后，才使"情人节"名正言顺了些,而首先被年青知识一代所接受,随后也渐渐地渗入到年老的平民百姓之中了。

其实,每一个人的骨子里都存在着浪漫的因素,刘妈也有。前些年,看到某些中老年人兴照婚纱照,刘妈也有点神往。特别自去年女儿接到第一束玫瑰花起,刘妈就盼望丈夫也能"罗曼缔克"一下,送给她一束红玫瑰。不,哪怕一朵也行。

老挂钟准时地敲了六下,该吃晚饭了,可是老头子还没有回。刘妈不自禁地往壁上瞟了一眼,嘀咕道:都什么时候了,还不回,这个死老倌,不知又到哪玩麻将去了? 刘妈嗔怪的"死老倌"就是第一次约会送电影票的那位青年。当然如今已是五十出头的人了,因为工厂前年改制,他刚好够上提前退休年龄,现每月拿五百来块退休费,属好日子莫想,温饱可望型。

又等了半点钟,还不见老公回来,刘妈就对女儿说:饿了吧,就先吃。

可就在此时,门铃清脆地响了起来。

"来了。"刘妈迫不及待地朝门口奔去。

刘妈打开门一看,立马被眼前的景致惊呆了。只见老公手捧着一大束鲜花站在她面前,一股清香也随风袭入她的鼻腔和整个房间。

"节日快乐!"刘爹又很意外地给刘妈一个祝福,并郑重地将花送入她的怀中。刘妈接过鲜花,一张结满皱纹的脸便肆意地依偎在鲜花上,吮吻着,眼睛就湿润润的了。她仿佛又回到了 20 多年前,一位手握电影票的英俊青年正朝着自己奔来……

"真没想到,爸爸还会浪漫呵。"女儿也被眼前的情景感动了。

女儿的赞叹,让刘妈又回到了现实之中,忙问:花了多少?

"不多,每朵 5 元,一共是 99 朵。"刘爹不正面回答。

"该死,去了我一个月的退休金了。"刘妈像突然遭到开水烫般地将鲜花一把摞到地板上。

刘爹心疼地瞅着那束玫瑰花,就躬腰将它拾了起来,又重新安放在刘妈的怀里,并且按住老伴的手动情地说:"翠莲,我们已结婚 25 年了吧,按每年九朵玫瑰算,还差得远哩,就让我们也浪漫一次吧,啊?"

啪啪啪。屋子里响起了掌声。

刘妈回头一望,女儿正笑眯眯地朝着他们鼓掌哩。

夏 夜

月色,淡淡的像一副清凉剂,消融了白天的暑气。

我站在桥头老柳树的旁边,静静地等,等你,时间在一分一秒地逝去,你还是没来。水中的月儿悄悄地向河中蠕动着,蛙在鼓,蝉在鸣……

终于,桥的那头出现一个人影儿,影影绰绰的,仿佛才从蟾宫走下来的嫦娥,裙裾带起缕缕轻烟。用不着辨认,我知道是你。渐渐地近了,你一袭素色的连衣裙,袅袅娜娜的,还隔着一段距离,轻轻地一声:"弟,是你吗?"这呼唤,立马将我的心软化了。四周的景物更清晰了,虫儿也停止了歌唱。

"姐,你怎么才来?"话音刚落我又后悔了,后悔一直不曾被自己认可的称呼居然在今夜脱口而出了。

记得初遇时,是在表姐的婚宴上。你要我叫姐,我毫不犹豫地拒绝了。我说:"才大我几天?叫姐,没门!""大一天也是大啊!"你说着将那披肩长发得意地一甩,问我,"难道不是吗?"我倔强地没作声,却夹起一块红烧肉飞快地塞进嘴里,咀嚼着。你瞧着我,忽然"咯咯"地笑了,说:"瞧你馋猫样,还没脱孩子气哩!""谁是孩子?我都读高二了。"我有些气恼。好在这时客人大多离席了。"得了得了,莫生气啦,生气容易老相。"你莞尔一笑,露出两个浅浅的酒窝。"老相就老相呗,老相就不会有人在我面前充大姐大了。"我犟着脖子不愿示弱。

真是"不斗嘴不相亲"啊!从那天起,我知道你是仁和中学的,比我高一届,知道你是校女子体操和游泳队的主力队员,还知道你有一个让人羡慕的家境。从那天起,一相遇你就微笑着要我叫姐。

有一天,你悄悄地告诉我,说你在毕业离校之前,会送我一样值得纪念的东西。难道说,你今晚约我来这儿就是为了曾经的许诺吗?想到这我注视着你右手挽着的小包,看着你不安静的纤纤左手。我想你准会用它打开小包然后拿出钢笔或笔记本什么的,可是你没有,却将它送给我:"弟,牵着我的手,我们往上游遛遛去。"

我一把握住了,你的手真绵软。

握着你的手,我想你一定早窥测出我的心思,要不然,你怎会在这样的夜晚,将玉葱般的手给了我。

我熟悉这条小河,如同我的掌纹。上游不远处有水湾,还有小潭,潭水清凌凌的。岸上全是柳树,却有些偏僻,少有人去。夏天我常常在那儿裸泳。不多会儿,河湾处到了,你拉着我走下河堤,在一棵柳树旁站住了。我们牵着手,静静地听河水缓缓地流淌，还有鱼儿跃出水面的声音。

夏夜真美啊！

突然，你松开了手，命令我："背过身去，不许回头！"

我听话地转过身去，抬眼望天，月儿更明亮了。

一颗流星划过远方的天穹。终于等到你说"可以转过来了"，我转身一瞄，一条美人鲤已跃入水潭。沙岸上空留下小包和一缕衣裙。少顷，你浮出了水面，并朝我呼喊："快下来啊。"

我难为情地轻声说："没带泳裤。"

"你不是常在这里裸泳吗？"你不以为然地问道。

我一惊。蓦地，我想起了细时穿着开裆裤，邻居大婶用小刀比画着，吓得我直往妈妈怀里钻的情景。现在我是男子汉了我怕谁呀？想着，就"扑通"一声跃进了小潭，却不敢脱个精光。

小潭里有两条红鳞鲤鱼在追逐着，嬉闹着。

也不知过了多少时光，你往岸边游去。

你一定累了。你爬上岸又故技重演，朝着水中的我命令："头转过去，不许看呵。"

我转过头去，却不知为何又猛地转了回来。立马，我惊呆了。明媚的月光下，沙岸之上分明亭亭玉立着一尊圣洁的女神雕塑。我揉揉眼，方知那不是女神，而是你———一具褪去了泳装的胴体。

我像罪犯一样低下头去。

"好了。"你的声音像从天籁传来。

我才敢抬起头来。倏忽间，雕塑不见了，看到的又是一袭素裙的你。

我也游累了，爬上岸来。

刚上岸，你就跨了过来，质问我："弟，你坏，刚才你看了。"

我只好装糊涂地反问:"姐,我看了什么?"

"看了我的——"你欲言又止。

我答:"没有。"

"我都瞧见你偷看了,你还不承认!"你稍放大了声音。

"没有就是没有。"我心虚的声音却很响很响,在这静寂的夜里,一定传得很远很远。

一只夜鸟被惊起。

你突然嘤嘤地哭了,拎着小包生气地走了。

起风了,望着你愈去愈朦胧的身影,我打了自己一个嘴巴。

……

从此以后,我再也没有见着你。我失魂落魄地到处打听你的消息,有人说你去了澳大利亚,有人说你去了美国,也有人说你去了安徒生的故乡,还有人说你哪儿也没去还是在国内……

你到底在哪儿?谁能告诉我!

都市男女(四题)

病的蹊跷

女人要男人陪她去精神病医院看望一位女精神病患者。女精神病患者是女人的同事,曾经也与男人共过事,不知为啥说病就病了。男人不想去。男人说那里的人都神经兮兮的包括那里的医生。女人说,正因为那里的人都神经兮兮的我才要你陪我去,因为我怕。男人推不掉，只好陪女人去了。

在神经病医院大门口，女人买了一袋水果让男人提着，还买了一束鲜花自己捧着。女人和男人就这样地走进了精神病医院，走进了女病室。男人一走进女病室就像大熊猫一样，珍贵得被一伙女精神病人的茫然眼神扫描着，其中还有一位"嗖"地跳将起来拥抱着男人说，啊，老公，你终于来看我啦。这位女精神病人就是女人要看望的女同事。

女精神病人死死地箍着男人。

男人很尴尬，一双眼睛求助般地望着女人。女人就喊女精神病人的大名，并说某某某你还认识我吗？女精神病人摇了摇头答，你是谁？我不认识你。女人说我是你的老同事冯湘月啊，是特意看你来的。女精神病人说，我不认识你，我不要你看，我只要我的老公。女精神病人的一双手还是没有松开的意思。男人只好自己使尽浑身解数才从女精神病人的手中挣脱出来。男人一眼瞥见女人的脸黑了，全黑了。

男人知道今天的事儿说不清了。

果然，返回时，女人绷着脸在前面走得飞快，高跟鞋将街道敲击得咚咚响。男人就相跟着喊叫，哎哎，湘月，你慢点走嘛，等等我。女人仿佛没听见，依然飞快飞快地走。男人就委屈地说，我讲过，来这儿好人都会变成神经的。你不信，还非要拉着我来陪你。这下可好，是不是也给你传染上了？

女人听男人这般说就不自觉地慢了下来，男人紧走几步跟了上去。两人就并排地走在城市的街道上。街道拥拥挤挤的，遮住了阳光。女人找不出话题，男人也找不出话题。两人就默默地走着。女人在想心思，男人也在想心思。

后来，女人又去了精神病医院。女人这次没有邀自己的男人，而是邀了一位也认识女精神病人的男同事。在进医院之前，女人也同样购了水果与鲜花，也是同样的拿法。女人也希望能看到同样的结果，能看到上次的那一幕：女精神病人立马扑上来拥抱着男同事。

可是没有，那天的女精神病人看来很平静，她还朝女人与男同事意味深长地笑了笑。女人的心房顿时涨满了潮，潮的上面漂浮着泡沫垃圾。

打那次从精神病医院回来之后，男人的心里也长出了谜团。

男人想起年轻时也曾暗恋过女精神病人。当然，那时女精神病人没有病，长得聪明伶俐又漂亮，还是局长的千金。单位众多男青年都如蝶逐花般追她。男人那时虽然与她同一科室，但是男人那时很自卑，想也只是在心里。结婚之后男人也就再没多想了，一心爱着自己的女人冯湘月。那天，女精神病人的行为又激活了男人的往事，难道说……

男人想到这些，也瞒着女人偷偷地去了一次精神病医院。男人没有买水果只购了一束鲜花。男人手捧鲜花心情复杂地去慰问女精神病人。那天，女精神病人却表现得很冷静，甚至还对来看望她的男人表现出陌生。男人有些失望，接着就释然了。失望是因为男人感到自己的判断失误，释然是因为可以向女人说清楚了。

不久，女人又邀男人作陪去看望女精神病人。男人明白女人心中的结还没有解开。男人口里说不想去其实心里想去，想帮助女人解开那个无形的结。女人说你不想去一定是心里有鬼了不敢去，你们以前在一个科室待了那么长时间，未必没发生过故事？男人知道女人的心结很牢很实了，就懒洋洋地说，好吧我陪你再走一趟，免得你疑神疑鬼的。男人坚信不会再发生故事了。

女人与男人又一同来到了精神病医院。如上次一样,女人捧着鲜花男人提着水果走进病室。当男人和女人出现在女精神病人面前时,大家不希望看到的一幕又重演了。女精神病人又兴奋地跳将起来拥抱着男人说,啊,老公,你终于来看我啦。还在男人的脸上盖了两个唇印。

这次,女人什么都没说,女人铁青着脸,逃也似的离开了病室,离开了医院。

男人没来得及出去,男人被医院收容了,男人成了精神病患者。

临街的窗口

情人节那天,男人想起临街窗口的一位如花的女人。男人就在花店里挑选了九十九朵红玫瑰,男人想给女人送上一份惊喜。男人双手怀抱着鲜花走在宽阔的街道上,虽是南方,可是才立春不久,风刮在脸上和手上,应该有些冷,可是男人一点儿也不觉得冷,因为男人的心里正在燃烧着爱。

已是华灯初上时分,街道上流行着许多相拥的情侣。

走着走着,男人突然被街道那边的一个身影电了一下,透过街灯的介绍,男人觉得那身影很像他一个稔熟的女人。男人想起来了,那女人像他大学的女友菱子。想到菱子男人的心不自主地悸了一下。

男人上大二那年,暑假回乡去找高中女同学草子,到草子家却被草子父母生硬地打发了,说,草子去南方打工了。返回时,男人的心很疼很疼,原因是在这之前,男人曾收到草子一封向他求主意的信,可是他没有回。

也是那年,郁闷的男人回校后,结识了菱子,菱子和他同校不同系。男人没有想到的是,他和菱子的爱如风卷残云——如果说那也叫爱的话。他们从认识到热恋仅三个月,就一切顺其自然地发生了。让男人困惑的是,这种事在毕业前夕又如落花流水春去也,再一次印证了事物总是遵循着"来得快去得也快"的发展规律。

大四的最后一期,实际上就是各显神通找工作。男人无法使自己,更不能使菱子留在那座现代化的都市里。爱情在权势与金钱面前总是表现出不堪一击的态势。分手时,男人和菱子还演唱了粤语歌《现代爱情》:……要走也解释不多 / 现代说永远 / 已经很傻……

唱完这首歌之后,男人就离开了学校,独自来到了这座南方城市,因为这儿有一个女人常常撞击着男人的心口。

这个女人就是草子。

那时,男人和草子是中学同学。虽是同学,其实也没有多少浪漫的事情,无非是上课时偷偷递递条子,考试后对对卷子,上学时送把花生瓜子,放假回家时同同路子(谁叫两家相距只两三里路哩)之类的活动。若硬要找出一件浪漫来,当然要数那年男人去上大学的前夜两人约好各走一半路程相会的事。其实那也没有什么,两个人也只是亲亲嘴和后来男人又趁兴摸了摸草子胸前那对诱人的鸽子而已。当男人的手再想深入发展时,却被草子的纤手挡开了。草子说:"文星哥你等着,我再复读一年还考你那所大学,到那时我什么都给你。"男人感觉到草子是含着泪说这话的,男人的手就站住了。

可是后来,草子的父亲说家穷,没有再让草子复读。

时至今日,男人什么都能忘,却总也忘不了草子那句话和他吻草子时感觉到的锅巴香。

男人这么想着,街那边女人身影早已过去了。男人很想朝着那背影叫一声"菱子",然而理智却阻止了他。男人想起现在要去献花的那个女人,就住在附近"珠江花园"小区的一栋电梯房内。于是男人手捧着玫瑰花继续前行了。不多会儿,男人远远地瞧见那扇临街的窗口正亮着灯,不由得心里阵阵窃喜,感觉那就是为他而亮的。

男人走出电梯,停在熟悉的号牌门口,却迟疑了,因为平时他们幽会都是先联系好了的。可是,男人想到今天是个特殊的日子,特殊的日子当然得用特殊的方式时,于是他将鲜花往左手边挪了挪,右手便摁响了门铃。

开门的是个凸肚半老男人,半老男人惊奇而狐疑地打量着眼前帅气逼人的男人,用港腔问道:"你找谁?"男人立马意识到今天的唐突,不过经过这些年的打拼,他很机灵了。男人很从容地鞠上一躬,不慌不忙地说:"请问先生,这是麦瑞小姐的家吗?""麦瑞"之名是他急中生智瞎编的。

"不是!"随着"砰"的一声,半老男人关上了防盗门。

男人逃也似的下了楼,下得楼来,男人抹一把虚汗,毫不迟疑地将那束玫瑰扔进了小区的垃圾桶里。

出了小区大门,男人又回首望了望那扇熟悉的窗口。此时,窗帘已密封住了窗口,外面看不出一丝明白的光亮。男人便打心底里一声悲鸣:啊,别了,草子!

杜果的艳遇

　　男人背着杜果敲开女人的家门，男人以为会有一个意外的惊喜，没想到女人先是一怔，接着冷冰冰地说："先生你找谁呀？"男人说："找你呀，怎么这么快就将我忘记啦？我是……"可是男人的话还没说完，就从里面传出了男中声："娜娜，在和谁讲话啊？"

　　"一位迷失了方向的陌生人。"接着就嘭的一声将男人关在门外。

　　男人逃也似的离开了花园小区，独自踯躅在北方城市的大街上。

　　起风了，原本瓦蓝的天空突然灰蒙蒙的了，沙尘暴就要来了。男人的心情也如这天空，变得灰蒙蒙的了。男人梳理着半年前发生的一切，仿佛就是一场梦。

　　半年前，男人在南方一座海滨城市旅游时，邂逅一位手里拿着杜果的女子。女人搭讪问男人杜果怎么吃。男人玩世不恭地粲然一笑，说用口吃呗。女人却认真地自我介绍说她是北方人，第一次来南方，也是第一次购杜果。男人被女人的真情打动了，就将手中的杜果为女人做了一次示范表演。男人说："看好喽，吃杜果要先扒皮，扒皮时一定要从小头开始，扒了皮之后最好用水果刀一片片削起吃，这样就显得雅观。"说着男人就削了一片送到女人的嘴边叫女人品尝。女人也不客气，张口接了，还调皮地将秀眼一闭："哇！真好吃。"

　　这事原本到此结束了，没想到的是，两人下榻在同一酒店，晚上用餐时又相遇了。于是男人便有了那次终生难忘的销魂之夜。分手时两人还互赠了名片。

现在是梦醒的时候了。梦醒之后，男人怀疑自己这半年内是不是脑子进水了，居然将一次偶然的艳遇当成爱情去经营，还欺骗老婆说此次北方之旅是参加什么笔会。这就有些卑鄙了。

男人的老婆是个好女人。

男人记得首次见面是在介绍人的客厅里，男人与好女人都是当婚当嫁的年龄。熟人说你们俩很匹配。熟人说着拿出了小刀要给他们削杬果。好女人却说："姨，你歇着，我自己来。"没想到好女人还真会削杬果，而且姿势很好看。好女人削杬果时小手指稍稍地抬起，很优雅的。削出的片也是厚薄均匀的。削完之后，好女人还用牙签挑了一片送给男人。那一刻，男人真的被感动了，心里在说："就是她了。"这之前，男人也曾遇到几个女子，可是没有一个留下深刻细节的。就这样，好女人成了男人的老婆。结婚那天，好女人问男人是被什么打动的。男人说是杬果。好女人就在男人的头上戳了一指头，说："健，只要你喜欢，我就天天给你削杬果。"

后来，好女人还真的天天为男人削杬果，还教会了男人如何削好杬果。好女人对男人说："这样，当我不在家的时候，健，你也能吃上杬果。"可是，好女人哪里知道，正因为她教会了男人如何削杬果，而男人却要去为别的女人削杬果。

男人想，老吃杬果也乏味。正因为这种乏味，男人才想去吃哈密瓜。好女人也爱吃哈密瓜，常说："在北方所有的水果中，她的最爱也是哈密瓜。哈密瓜脆甜脆甜的，咬一口蜜到心窝里去了，就像我们的爱情。"北方的这座城市到处是哈密瓜，而且是正宗的。男人想带一些回去。想到此，男人心里的失落和负疚感就减轻了许多。男人专拣那些瓜纹多而深的挑选了十公斤。这样的瓜虽不中看却中吃,犹如不怎么漂亮的好女人。

回到宾馆,有暧昧的电话打了进来,问:"先生想按摩吗?挺便宜的。全套服务 300 元。"男人说:"300 元是不多,可是我只钟情于免费的。"那头又说:"先生你说笑了,这年头哪有免费的?"男人说:"有,那就是我的好女人。"男人说完"啪"地把电话挂了。

这里一刻也不能停留了,当天男人就退了房,坐班机回到南方。

男人赶到居住的小区时,已是子夜时分。男人老远看到自己家的灯还在亮着。爬到二楼时,男人仿佛听到防盗门嘭的一声响,在三楼的拐角处男人与一男子擦肩而过。

男人打开门,好女人正在收拾东西。男人走进客厅,厅里有浓烈的香烟味,烟灰缸里有几支新烟头。好女人是不吸烟的。男人心里顿时产生出莫名的醋意。

好女人说:"刚才有位老同学路过我市,特意来看我。"

"是你的旧时情人吧。"男人酸溜溜地说。

"瞧你想到哪里去了。"说着好女人端出一碟杧果来,用牙签挑了一片:"知道今晚你会回,特给你准备的,尝尝,鲜不鲜?"

男人张口接了,咀嚼着。男人说还真鲜。嚼着嚼着,男人愧疚地将好女人拥进怀里幸福地亲吻着。吻着吻着,好女人突然泪流满面地说:"我家那只外出偷腥的花猫又回来啦。"

顷刻,男人无地自容,只好将头埋进好女人的怀里,喃喃地说:"我错了,珊,你能原谅我吗?"

好女人什么也不说,顺手拉灭了灯的开关。

爱情与孩子

女人斜倚在沙发上，显得娇姿百态。

男人靠过去低着头轻轻地拍着女人的脸蛋说："亲爱的，今儿个，你的倚相好美呵！"男人说完便起身进浴室忙去了。浴室里立即传出"哗哗"的流水声。这是爱的信号，女人明白男人今夜又想要她了。

女人听着熟悉的莲花蓬头的水流声，心就渐渐地荡漾开了，思绪也就信马由缰地溜达到多年前的那个冬夜。

那个冬夜有点冷，不只是天气，还有心情。那些天，女人心情很不好，工作连续出错，挨了公司经理的批评。公司经理还警告她：如果再出错的话，就别来上班了。女人知道，没有工作的女人就没有尊严，没有工作的女人无论长得多么美丽也只能是一根缠在大树上生长的藤蔓，而成不了一棵自立的树。女人想做一棵自立的树而不是一根缠树的藤。

一天，女人坐在电脑前，啜了一口咖啡，咖啡还来不及进肚，她突然想起该来的大姨妈失约好些天了，莫非是妊娠反应？于是，女人请假打的去了妇幼保健院，一检查，果然是。女人对肚里的不速之客，一点思想准备也没有。女人不是不想要孩子，而是她目前不急于想要。她还想等两年，等到在公司站稳了脚跟之后再说。于是，女人就在心里轻轻地说："孩子对不起了，你来早了哇。"

人流之后，女人身体有点虚，可是前夫凌志偏偏那些日子特亢奋，三番五次地想要她。女人就以"大姨妈来了"推托着凌志的要求。也不知在她推托了多少次之后，凌志火了，问女人是不是另有所爱了。女人这才说出了实情，原指望他能够理解。可是没想到的是，凌志听罢不但不体谅她，反而给了她一个嘴巴，并且愤怒地朝她吼："你以为孩子在你肚里就是你一个人的了，你就有权力独自处理了？告诉你，只要婚姻在，孩子是你的也是我的，你在处理前就应该尊重我，该问我一声？"凌志说完余怒未息地搂着被子去了另一个房间。

按理说，凌志的那一巴掌也不是全没道理，可女人就是接受不了，想自己长到这么大从未挨过父母亲的巴掌，你凌志凭什么打我？就凭一纸婚约吗？好笑哩！于是女人便以牙还牙，也采取疏远莫视的态度。后来，女人还常常借口公司要加班加点，故意吃住在距公司稍近的娘家里。而凌志呢？也有自己的想法。冷战的结果是不言而喻的，最终两人以性格不合而协议离婚。

在告别的烛光晚餐上，不再是丈夫的凌志借着酒劲说："菲菲，你什么都好，就是太任性了，太以自我为中心了。"他还说："爱一个人，就应该为他去生一个孩子，孩子是大人的纽带，懂吗？要是我们有一个孩子的话，也许不会走到这一步。"女人听了这句话后，心灵为之一震，可是一切似乎晚了，无法挽回了。

也许是第一次失败婚姻的阴影作祟，离异后的女人对同龄的男人失去了好感，一心只想在大哥型的队伍里挑选，去寻找一种呵护。何况婚姻这事儿看似证券在手，其实很难把握，更难参透。有首歌不是唱得好吗？跟着感觉走，抓住梦的手。不知为什么，让女人抓住的就是现在这位名叫黄贯的男人。男人和女人生肖相同，却比女人大一轮。男人还有一个十岁的男孩，是和前妻生的。这事让女人的好友诧异：菲菲啊，你找对象时是不是睡着啦，有尾巴的男人也敢要？女人将头一偏，蛮幸福地答道：这样蛮好哇,不用生产就白捡了一个儿子。

再婚之后,男人还真宠着她,顺着她。女人感到很幸福。人一幸福就感觉时间过得飞快。转眼女人幸福地迈过了三十岁的生日。有一次,女人参加同事的婚礼时碰到小时的老邻居陈阿姨,陈阿姨问女人小孩进幼儿园没有?这话让女人的脸火辣辣的不好回答。陈阿姨突然明白了几分,就悄悄地问她:"你先生爱你吗?你爱先生吗?"菲菲肯定地点点头:"爱啊!"陈阿姨就告诉她:"那你犹豫什么呢?还不抓紧时间做妈妈,生个孩子,为他也是为你自己啊?"这话乍听有点俗气,可仔细一想,还真是这么回事儿,人类不都是这么走过来的吗?想到此,女人就打定主意:黄贯呵,我要为你生孩子啦。

不知不觉之间,浴室里水流声停止了。男人裸着身子走了出来,他来到女人面前,俯身吻着女人的耳根说:"亲爱的,你今天好美哟!"男人每次做爱之前都是这么说的。然后他就用那双强壮的手将女人抱进卧室的双人床上……女人呢,总是默默地配合着男人和享受着那份爱。

可是,今晚的女人却一反常态地接过男人的话题说:"亲爱的,你知道我为什么好美吗?"男人没有回答她的提问,却在专心地剥她的衣服。女人却抓住他的一只手说:"亲爱的!你知道吗?你又要做父亲了。"男人一时没明白她的意思,手还是没停下动作。女人又复述了一遍,男人的手立马僵住了,问女人:"你刚才说啥来着?"女人便一脸幸福地答道:"今儿我去检查了,医生说我要做母亲了,书上不是说过要做母亲的女人是最美的吗?"男人的身体一下子全蔫了。女人没在意,她以为他被突来的幸福打倒了。

女人没想到,第二天吃早点的时候,男人却对她郑重地说:

"菲,婚前我们不是讲好的吗?不要孩子!可是你怎么又背着我怀上孩子了呢?"女人一听"背着"二字就来情绪了,说:"这是什么话!难道我做了对不起你的事吗?难道我肚里的孩子不是你的吗?"男人明白自己说错了,忙道歉说:"菲,我不是这个意思,我是,我是……嘿,现在我就陪你去医院做人流好吗?"

女人睁大着眼睛盯着男人,盯着盯着,突然泪流满面。她想起与前夫凌志分手时的烛光晚餐,以及那句让她震动的话:爱他就为他生一个孩子!

故乡人物三题

六角儿

故乡有凉亭,离城十华里,故名十里亭。亭中住着一对夫妇,男人颀长,偏瘦,额头上整年四季巴着红红圆圆的一个火罐印,手掌须臾不离水烟袋。他有名有姓,可人们从来不叫,却叫他"六角儿"。女人肤白,脸润,操一口的远路腔。上了年纪的人说,那女人就是六角儿拐来的堂客。

故乡地处湘西辰州府,民风剽悍,土匪猖獗。而十里亭是地方交通要塞,老早就是官道驿站,是外埠通县城的必经之地。此亭非同一般,除了供应路人茶水之外,还有铺面经营油盐酱醋茶,烟酒糖果之类,当然也悄悄地干些违法勾当,如走私点鸦片等。僻壤之地,天高皇帝远,谁管得着呢?凉亭的偏厦内还设有栈房和马厩,专供商人、官员投宿落脚,因此也难免不长出些是非来。特别是兵荒马乱之年,六角儿夫妇能在这样的地方安然无恙地过日子,若没有两下子,肯定是站不住的。

据传,六角儿年轻时在旧军队当过连长,打过日本鬼子。关于六角儿的传奇,有多种版本,有的说,他在旧军队里本来是可以升迁的,可他不争气,偏偏爱上了长官的姘妇,就将盒子炮转手一卖与那女人跑回来了。乡人每讲得这里,总会不屑地叹上一口气,嘿,再漂亮的女人也只是个半路亲。有的说,那女人不是什么长官的姘妇,而是妓院的婊子。为了给那婊子赎身,他把全部积蓄都花光了,要不然他回乡时穷得鸟打精光,田也置不起一亩,房也盖不起一间,只好租用亭子。这言论却遭到另一群人反驳,说这就你们外行了,六角儿聪明过人,他在外面混了那么多年,什么没见过? 他早就看出了共产党会坐江山,买田造屋,找斗啊! 虽说他无田无房,可谁嘴上的油水有他的光亮?

六角儿炒得一手好菜,特别是川菜和湘菜更是他的拿手好戏。他有一道菜叫麻辣田鸡,实际上就是红烧青蛙,着料是擂得稀巴烂的油爆红椒和野生的花椒叶。传说他炒这道菜时顺风能香飘三两里。为此,乡人怀疑他在旧军队里不是什么连长而是伙夫。青蛙活跃在夏天,当然,这道菜也只在夏天才有。六角儿这道菜不是随便什么人都能吃得到的。不是那样的人,他就打发他的堂客炒,应付而已。正是这么一道菜成就了他的名声,远近客商、乡官都喜欢来十里亭一品他的手艺。新中国成立前,与他称兄道弟的乡公所的蔡所长就常常光顾十里亭,与他品茗喝酒。那时,六角儿的日子很滋润,冬穿皮袄夏着绸,是很让乡里人眼红的角色。

新中国成立后,买卖的人少了,三教九流的人也少了,到他那里落脚的人就更少了。他的日子大不如前,不过比起乡里人还是要高出一两个档次。20世纪50年代末,集体化运动风起云涌,凉亭的一切被公社饮食服务业"收购"了,六角儿也成了集体的人,当然,他的谋生手段还是外甥打灯笼——照舅(旧)。只是他的吃客换了脸面,不再是那个蔡所长了。

有一年的初秋,正是蛙壮鱼肥的时节,来了一位客人。客人个高腰粗,头戴斗笠,身着短褂长裤,赤脚草鞋。远看一个地道的本地农民,近瞧却是一个北方汉子,他就是副县长王新录,因当年剿匪负伤转到地方工作。此次下乡是来了解"大炼钢铁"运动中农村秋收情况的,沿路他看到旱灾、虫灾,田里的庄稼惨不忍睹,心里甚是不安。此时他来到凉亭铺面,喊声老板娘来包烟。正在埋头纳鞋底的老板娘闻声抬起头来,一望,樱桃小嘴立马张成了大大的"O"字,半晌,才缓过神来,亲亲地叫一声哥,你怎么到这儿来了。王新录更是意外,也问妹,你怎么来到这儿?

原来一九三八年夏初,蒋介石想学关云长水淹七军——决花园口黄河堤淹日军,结果是日军没淹着却淹了一大片老百姓。也就是在那一年,王新录兄妹被大水冲散,哥哥王新录投奔了八路军,妹妹王新颖被当时在国军任连长的六角儿所救,六角儿瞧出当政腐败,就带着无家可归的王新颖溜回了故乡。

六角儿堂客就朝里喊快来见过哥哥,六角儿闻声走了出来。王新录就握住他的手说,谢谢你救了我的妹妹。六角儿忙说,哪里哪里。当天,六角儿夫妇就留王新录吃了一顿饭。六角儿亲自下厨红烧田鸡。可是酒菜一上桌,王新录瞧都没瞧那盘红烧田鸡,只吃其他的菜。这让六角儿甚为纳闷:难道我的手艺不行?

王新录一走,六角儿堂客就告诉他:她哥哥临走时说希望他今后不要再弄那道菜了,说青蛙是益虫要保护。六角儿却不以为然地说,要是没有这道菜,店里还有鬼生意?六角儿照红烧田鸡不误。这事还是让王新录知道了,此后他再也没有来过凉亭。不过,六角儿的堂客倒是常去哥哥家走动的。

乡人原以为六角儿可以沾沾副县长的光,没想到几年过去了,六角儿还是原来的老样。于是乡人又说,一个是共产党的官,一个是国民党的人,咋能粘到一块儿呢?

瘸把手

乡人都称他瘸把手。其实他不只手瘸,脚也瘸。瘸把手无有手掌更没有指头,整个手掌部分就是一个肉槌。脚也一样,只是个脚槌,没有掌更没有趾。他出生时,他娘一瞧儿子是这副尊容,大叫一声:天哪,我前世造了什么孽呵,立马就晕了过去。可是当她隐隐约约听到男人与接生婆商量要将儿子溺死在马桶时,头脑就十分清醒地大喊一声,不!

瘸把手就这样活了下来。瘸把手到了该上学的年龄,首先是他母亲背着他到学校,后来他就自个儿咬着牙一步步地移到学校。瘸把手瘸脚瘸手却不瘸脑子,他的记忆力甚至超过常人。他能把课文背得滚瓜烂熟,写字绘画却因没有手指不能握笔,他就用牙齿咬着笔一划一划地写画,居然后来他把字练得遒劲有力,将画也绘得有模有样。就这样,瘸把手凭着母爱与自身的毅力读完了初小。那时镇上才有高小,而且不收重残人。

好在瘸把手长在"大锅饭"时期,因为太残了,瘸把手什么农活也不能干。这让生产队长犯了难,忖道:共产党不兴饿死人,瘸把手也是人,总得有口饭吃,手脚不管用,眼睛还行,就让他看守队里的庄稼、瓜果、蔬菜吧。那时小偷小摸特多，队里常常丢失能进肚的东西。于是，队里什么时候东西快成熟了，就让他看什么东西，以防丢失。乡里人就送给他一个雅号——看匠师傅。

做了"看匠师傅"的瘸把手，其实只能看住本队人的偷摸行为。对外队人的偷摸一点办法没有，他追又追不上，仅认得管屁用。本队人偷摸，处罚方便，告诉队长扣他家的口粮就行了。指证外队人偷摸，人家就会以"捉贼拿赃，捉奸拿双"反说你诬告！为此，瘸把手好恼火，发誓非要制住那帮小子不可。于是，他就勤学苦练臂弯夹石子击打目标的功夫，还真让他练成了绝技，想打哪就打哪，十五米之内说击人手臂就绝不击人膀子。有一次邻村一半大伢子来偷瓜，欺负他脚瘸追不上。瘸把手一边叫"小子，往哪里跑"一边左右开石，石石皆中那人两瓣屁股。疼得那小子丢下西瓜摸着屁股落荒而逃。从此瘸把手名声大振，方圆的村落都把他当成了梁山英雄没羽箭张清再世。不过，瘸把手打人只打人的屁股，不似张清，不管人家脑袋五官一把乱打去。

20世纪80年代初，田包到户，各家管各家的了。再不需要什么"看匠师傅"，瘸把手自然失业了。一下子，瘸把手的生存受到了挑战。乡里有尝过瘸把手石子味道的人甚至幸灾乐祸地预测：宝宝儿瘸把手，这下非饿死你不可了。

可是事物并未向某些人的预料方向发展。突然有那么一天，人们发现瘸把手在镇十字路口摆上了象棋摊，收棋盘费谋生。瘸把手有时也摆上一两盘残局，供人研究破阵。他那些残局皆有一个好听的名字，如什么"萧何月下追韩信"呀，什么"曹操脱袍"和"杨贵妃醉酒"等，全是古谱。不识谱的人往往尽输，识谱的人也只能打个平局。有的人输了不服气，就挑衅地说，瘸把手，下全局的来不来？瘸把手就会嘿嘿地一笑，说您老是高手，我怎能是您的对手？我只是借个地方混碗饭吃而已，务请高抬贵手，高抬贵手。说着，他操起两只肉槌直打躬。见状，谁都会萌发恻隐之心，哪里还忍心与之斗狠？

一天，有部门宣告镇街口不准摆棋摊，说是有碍镇形象。这下彻底地断了瘸把手的生路，就有人给他出主意，说瘸把手啊，凭着你瘸脚瘸手随便往哪地方一跪，票子就哗啦啦地来了，城里有许多残疾人就是这么发财的。瘸把手听罢"呸"的一声将痰吐在地上说，亏你还是个男子汉，这话也讲得出口。古人云：男儿膝下有黄金。我瘸把手的一双瘸腿是用来跪天跪地跪父母的，不是用来跪钞票的！那人讨了个没趣，便悻悻地走了，心里却在嘀咕，看你的嘴硬还是肚皮硬，到时你那点老底吃完了看你还硬到哪里去？

可是，没过多久，瘸把手却爆出一个天大的冷门，居然在镇边开起了画店。手掌都没有的人能作画？这倒是天下奇闻。可是当人们一踏进那间小屋，眼瞧着周围壁上一幅幅栩栩如生的，或站或卧，或耕或牧的青牛图时，全都傻眼了。开始人们不相信是他画的，就在画的落款印章上寻文章，问"四残道人"是谁。瘸把手不答话，却嘴含狼毫在宣纸上刷刷地几下，一头青牛便跃然纸上。至此，质疑之人就不能不折服了。

牛乃吉祥之物，农家所爱，更重要的是人们震撼于他的自强精神，都愿购买他画的青牛，以此教育晚辈。瘸把手就这样凭借着画牛，日子倒也过得自在。

全民微阅读系列

配角儿

故乡的戏没有形成真正的剧种,所以名字改来改去。一会叫汉剧,一会又叫辰河高腔,到现在居然唱起了花古戏。像变色龙似的,不让我怀念。直到后来我在电视上听重庆的川剧,就感到格外亲切,与我小时候听到的唱法差不多少,于是就让我想起了配角儿。

配角儿家贫,十二岁时就跟着他舅舅在县城戏班里学唱戏。老早,戏子是被人瞧不起的职业。俗话说,婊子无情,戏子无义。那时大户人家的红白喜事,常常会喊上两个以上的戏班唱对台戏,各戏班自然会使出浑身解数,压倒对方,取宠于老板与观众。这是争饭碗的事,谁也不会放让,当然讲不得仁义喽。新中国成立后,艺人地位提高了,配角儿所在的戏班改为县汉剧团,收入虽不高,却稳定。

配角儿在剧团里只能算二、三流角色,他唱了近半辈子的戏也没有当过主角儿,其实他的扮相不错,只是听说他嗓音有限,高音上不去,靠别人在后台扳腔。

20世纪60年代中期,没有当过一出主角的配角儿被下放回乡了。乡亲问他为什么,他回答,响应号召,加强农业。乡亲就更纳闷了:好好的,在城里拿国家工资的事不做,偏偏跑回来种田,凭你那瘦骨巴筋的身子能加强农业? 笑话,是脑子出毛病了吧?

配角儿从小未干过农活,挑不起重担,更不会犁耙。在农村,一个男人不会犁耙,是很被人瞧不起的。好在全队都是同姓的本家,队长也照顾他,配角儿常常被安排在妇女队伍里,干一些杂七杂八的事,自然,他的底分也只能定在男劳力与女劳力之间,因此他常被乡亲们戏称为"妇女队长"。

有一年,大队因超生挨了公社领导批评,大队支书叫苦连天,说现在农村没娱乐,农民白天就早早出工忙公地,晚上就早早上床忙私地,叫我如何去搞计划生育?也就是在那一年的农闲时节,配角儿才被人们重视起来。原因是大队支书为了农民们夜里少忙些私地,就叫配角儿组织一个戏班子,晚上免费为社员演出。开始配角儿不干。支书就说每晚给你记十分工。这倒是个不小的诱惑,配角儿干农活累死累活一天也只能挣七分工。

配角儿走马上任后,就在全大队挑选了十几个有天赋且喜爱文艺的青年组成了草台戏班,排了几出样板戏和传统戏。上面检查时就演样板戏,平时就演传统戏。在草台戏班里,配角儿说了算,他将所有剧目中主角儿都安排给自己。奇怪的是他居然将所有主角唱段全拿了下来,再高的唱段也不用他人扳腔。汇报演出时,改唱主角的配角儿场场是满堂彩。乡亲就更认定他回乡务农真是可惜了。

"文革"结束后不久,全县搞文艺会演,配角儿组建的戏班代表公社参加了会演并拿了一等奖。配角儿的名声大振。县剧团新团长找到配角儿,问他还愿意回剧团不?配角儿就答,让我唱主角我就回。原来配角儿在县剧团时一直想唱主角,可是当时的剧团团长没有给他一次机会,于是两人就搞拗了。随着三年自然灾害之后,剧团缩编,搞下放,团长趁机将配角儿放回老家了。也是配角儿来了时运,那时适逢拨乱反正,搞落实政策,新团长就顺水推舟答应了他的要求。

没想到的是,回到县剧团的配角儿正准备大干一场时,却出了意外。那天,他首次登台主演传统戏《搜孤救孤》,扮演程婴的他唱着唱着，突然口吐鲜血晕了过去。送到医院一检查，原来是喉癌。幸好发现得早，没有转移到全身，做了手术之后，命是保住了，可嗓子全毁了。莫说唱戏就是连讲话也困难，吐出来的句子就像捏着喉管的鸭公。待身体稍好之后，配角儿只好万分愧疚地对新团长说，唉，这也是命，还是让我去跑龙套吧。

配角儿直到驾鹤西归，也没有在县剧团当过一次完整的主角。

低　保

那天，大弟来电话向我诉苦，说他好不容易疏通了关系，给小弟申请到了低保。可是，当他把这条消息告诉远在广东打工的小弟时，小弟不但不领情，还将他数落了一顿，说他在家不为弟弟争面子也就算了，还在家处处唱衰他，臭他。

小弟是在父母去世后去广东打工的，算来有十多年了。小弟在广东很不顺，头年跟人做泥工，结果是，到了年终包工头跑了，那一年算白干了。随后他又跟人装防盗窗，装防盗窗工钱倒是不拖欠，装一家结一家，就冲这条，他原打算一直干下去的。没曾想有一次装防盗窗时，保险绳的倒扣滑脱了，要不是及时发现，差点儿从五楼掉了下去，后果不堪设想。于是，他就半道辞别了这项高危的工作。

后来，他看到广州的蔬菜好买，决计在市郊租地种菜。噢，对了，小弟在 20 世纪 80 年代初当过三年兵，有个战友家住广州白云区人和镇。小弟投奔到那儿后,租了一间房两亩地,又将弟媳接去一起种菜,独子放在外婆家,每月寄生活费。天公不作美,头年菜地被大水浸了,只弄了个收支平衡。第二年遭受台风,连大棚都被掀翻刮走了,成了"杨白劳"。小弟觉得种菜风险太大,不如买菜。于是,他便向我求助,借钱在镇农贸市场租下一个摊位,做起了小菜生意。

几年的打磨,小弟有了些经验,渐渐地,生意打开了局面。到大前年,小弟将所有欠款全还清了。听他的口气,还有了些积蓄,想回乡盖新房。其时,他孩子也长大了。在老家农村,男子过了二十岁就该讲对象了。当然,讲对象没有新楼房不行,现在农村的女孩也很现实。为了儿子,小弟筹划回乡在旧房址上盖新楼。谁想得到呢?就在那年,小弟左眼失明左耳失聪,进广州军区总医院检查,确诊是鼻咽癌所致,所幸还不是晚期。

家族没有这种病的基因,一查,原来是,广东是鼻咽癌的高发区,小弟在广东生活了十多年,他为了省钱,天天吃咸鱼咸菜。唉,这就是因果了。主治大夫说,鼻咽癌只要未到晚期,治疗及时的话,治愈率极高。

虽说钱很重要,但与生命比较起来就算不得什么了。一句话,治!

于是,小弟就住进了军区总医院,住院、医药、放疗、化疗,全程下来,十多万便化成了流水,更重要的是,弟媳还要陪护,生意肯定是做不成了。真可应了一句新谚:不怕穷,只怕病!农村家庭,哪怕脱了贫,只要家有重病人,一夜之间又会返贫。

大弟根据小弟的现状,帮他向村委会申请吃低保,并获准了。应该说,这是好事。

大弟说,哥,真没意思,我好心没得好报,小弟他不但不感激我,还骂了我,说我多管闲事,要我退了他的低保。唉,要不是我看在他是重病人,我真会回敬他几句重话的。

我忙说,你是哥,你就让着点。过会儿我就打电话给他,要他向你道个歉。

大弟听我这么说,心才稍稍平静了,说道,好吧,哥,你就劝劝他,不要犯傻! 吃低保也不容易哩! 除了条件,还要关系,村里有的人家住着新房也照样吃着低保。说实在的,要不是我和村干部关系好,还轮不到他哩!

我忙回答,是啊是啊,大弟在村里的为人谁都知道,人缘好是没得说的。你先压下火,我马上就给他打电话。

大弟这才收了线。

我想小弟是会听我劝的,记得那年他租菜摊位,就是在我这儿借的租金。我与大弟通完话,接着就拨打了小弟的手机。小弟这两年是疗养观察期,因为要定期去医院检查,所以一直没回故乡。期间,菜生意就交给弟媳和侄儿打理。他大多在租屋休息和顺便做做全家的饭菜。当然,有时他也会转到菜市场瞧瞧。

小弟和我通上话后,他对小哥的气还没消。他说,别人家都会说出外的兄弟有本事,在外面搞得好,挣了钱。我的小哥却在村里为我申请吃低保,这不是臭我没本事还是什么? 大哥,你想过没有,要是我吃低保的名声一经传出去,你的小侄子谁还会给他做媒呢? 他都二十四岁了,人长得魁魁伟伟的,没比任何人差,可是至今没有一个愿给他做媒的! 你想想我心里是什么滋味? 村里同他一般大的伢子有的当爸了,有的也办完喜事了,最不济的也有对象了,只有他,唉……

我听出小弟在那头哽咽了,忽然间,我语塞了,不知说什么是好了。

山　雀

山道，人，板车，还有狗。

板车有些旧，上面躺着一位盖着棉被的老人。被子外面露出老人满头的白发，还有皱纹交错的脸。拉板车的是老人的儿子。后面跟着老人的女人。他们是去半山腰中的一所学校。

板车走，狗也走。

时值隆冬，虽在南方，也寒冷料峭。道中牛脚印里的积水结成薄薄的冰，车轮辗出"嘎吱嘎吱"的声音。

爹哟，你都病成咯样了，眼也看不见了，还去那地方做么个？儿子抱怨着。

回答是呜呜的山风，山风无情，揭开棉被的一角，露出病入膏肓一脚踝。

书良，慢点儿。你爹的被子掀起来了。女人伸出手掖被角，没勾着。

儿子没有回头，却紧走两步，将板车拉到背风处，停下，让娘掖好被。儿子夹着车把，从口袋内摸出一支劣质烟，窝着手掌点燃后猛吸一口，便用复杂的眼神打量着躺在板车上的爹。

儿子喷出一口烟雾，说，爹呀，我真的不懂！

老人的喉结蠕动了一下，却没有发出声。

书良，你爹一定是睡着了。这些天，病把他折磨得差不多了，也够难为他的了。你就少说两句，啊？

分明有泪从老人的白内障眼角涌了出来。

不知啥时候，黄狗已跑到了前面，黄狗立在山坡上朝着后面汪汪地叫，像在催。

儿子将烟屁股吐在地上，踏灭，又拉起板车默默前行。

他们要去的学校是 20 世纪 60 年代初建起来的小学。那时村叫大队。老人是小学第一任教员。说是教员，其实是民办的，在大队拿工分，只是每月有五块钱的津贴。

老人还记得那里原是一片乱葬岗子。为了平整那地，他出过大力，流过大汗。建校没有资金，他与社员一起做土坯砖，没有木料就上山伐木，好在那时山上有树。只有瓦是动用大队公益金外购的。那时总共建了六间小平房，能容纳下全大队的适龄儿童。

突然，儿子被路中的石头绊了。儿子喃喃地骂出一串粗话。

老人终于沉不住气了。老人说，书良，你莫要再骂了。我晓得你心里有气。可爹想去，爹是没有多少日子的人了，不然爹死了也不会甘心。

儿子沉默了，唯有山路发出嘎吱嘎吱的声。

老人叹口气接着自语：爹咯些天想了又想，爹一辈子窝囊，没么个值得念想的，爹唯一值得念想的就是和乡亲建了那所学校，还有那段当教师的经历。爹最爱听的就是孩子们的读书声。

可你早就不是教师了。儿子接了口。

老人无言以对。

儿子的话没错。老人早不是教师了。老人记得自己有两次转正的机会，上面有人暗示他送点礼就可，可他没送，还嘀咕：共产党员，人民教师，岂能做那苟且之事。轮到最后一次转正机会时，却因为年龄过了杠而永远地失去了。老人走了一圈又回到了原地。老人想，这都是命呵。

书良,你不能少讲两句吗? 女人不满地挖了儿子一眼。

于是,三人都沉默了。

爬坡,儿子躬着腰,吭哧吭哧地拉。女人在后面帮着推,吁吁地喘。

老人问,好像快到了吧?

儿子说,是呵,上完坡就到了。爹,你蛮清白啊。

老人没听出儿子的讥诮。老人只顺着老人的思路说,咯条路我都走了好多年呵。哪儿有棵树,哪儿有堆土坷垃我都能记得。

儿子说,呵呵,好记性哩。

老人没答儿子的白,却突然发了火,叫喊着,停车停车,你们娘儿俩想往哪儿去? 是欺侮我瞎眼了么?

石生呀,你瞎嚷么个? 儿子不正往学校拉你吗?

是吗?按说应该听到读书声了。我怎么没听到呢?老人嘟囔着。

你瞎瘫在床上好几年了,早糊涂啦? 女人答。

对话之间,板车已停在荒芜的操坪里。

儿子说,爹,到了! 到学校啦。

女人说,石生啊,是到学校了。

老人挣扎着坐了起来,老人把手掌搭在耳后,屏息地听了又听。可是除了呜呜的山风和猪儿的鸣叫声外,没有想象中的读书声。老人哽咽了,说,这不是学校,你们合伙骗我瞎眼人,是会遭报应的啊!

爹,我没骗你,娘也没骗你。我和娘老早就告诉过你学校停办了,已出租做了养猪场,你就是不信。

石生啊,这确实是你亲手建起的学校。

两年前它就停办了,合并到乡中心小学了。儿子接着说。

为么个? 老人突然歇斯底里。

不晓得，也许是生源不足吧，许多学龄儿童都跟着打工的父母进城了。

进城有书念吗？

不清楚！儿子想想又补充道，应该有吧！

有就好，有就好，那我也可以走了。老人喃喃着，头一歪便了无声息。

黄狗猛地扑了过去，围着板车呜呜地低鸣。

女人伸出手，摸摸老人鼻息，就一头扑在老人的身上，大声呼唤着老人的名字。

老人无言，老人的名字却在山谷中久久地回荡。

呼唤声惊起山雀，一只山雀像离弦的箭一样冲向苍穹。

座 位

这年头，有些人也真会赚钱。居然利用列车上旅客多座位少的现象，干起了"卖座位"勾当。

记得那是 2007 年 11 月的一天，我从老家怀化回株洲。那天人多座位少，有许多是站票。我刚上车坐定不久，就来了一伙人挨次问我和其他有座位的乘客到哪里下车？若是短途的话，他们就记下了。开始，我原以为他们是为自己或朋友寻找座位？后来证明不是。

列车运行到湘中某站时，停了下来。这时，我斜对面的一位客人准备下车了，他刚一起身，其座位就被站在过道旁离他最近的女人占据了。

女人三十来岁,典型的农家少妇模样。从她的行装看,属于打工一族。她坐下和人一交谈,果然是去广州市郊一家机绣厂做工的。

列车又启动了,女人正为自己能在中途坐上位置而兴奋时,不料从车厢的后头走来两个男人(是刚才问乘客在哪下车的团伙中的两个),一个胖墩墩的,满脸的横肉,脸红红的,眼睛也红红的,像才喝过酒,另一个个头较高,眼露凶光,脸上有一刀疤痕,极像电视里的黑社会老大。他俩来到女人的面前,蛮横地说,这座位是他们的,如果要坐的话,得交钱。

面对这突如其来的变故,女子毫无心理准备,便茫然地左顾右盼,像在寻找帮助,可是没有,也许出门之人都怕惹火烧身。女人只好站立起来,怯怯地问,想坐得多少钱?

横肉说,这得看你坐多远喽,广东境内八十,湖南境内四十。

女人听罢,瞧瞧挤满过道的旅客,想想到广州还得站立十多个小时,便极不情愿地躬下身去翻长筒袜子,原来她的钱藏在那里面。

可就在这时,一声"慢点"从同排靠近窗口的座位上发了出来。循声望去,是一位臂绣青龙的青年。青年说,这个座位是我的,卖也得由我来卖,也轮不上二位。

想不到半路中杀出一个李逵,眼瞧着到口的肥肉就要丢了。那两人自然不干。可不,横肉首先朝着青年气势汹汹地发问,兄弟,你说这座位是你的,你有什么依据?青年不屑地反问道,大哥,你说这个座位是你的,你又有什么依据?

依据就是这个!刀疤脸搂了搂衣袖,露出一膀的肉疙瘩。旋即他就挑衅地问青年,兄弟你呢?

气氛一下子凝固了。周围的乘客都在替青年捏着一把汗。有的乘客还不时地往两头张望着,希望此时能出现一位巡警,或是列车员也行,然而没有。

我悄悄地掏出手机,只要他们一动手我就拨打 110 报警。

此时,青年望望横肉又望望刀疤脸,便不紧不慢地报出一个人的名字,并说这人就是他的铁哥们。

刀疤脸听罢,先是漫不经心地弹弹捋起的衣袖,然后嘻嘻一笑,说,原来都是哥们兄弟哈,好说好说。

横肉也乜斜着眼睛怪声怪调地唱和:俗话说,上山打猎,见者有份哈。

青年面无表情。

刀疤脸便用商量的口气对青年说,不如这样吧兄弟?咱们三一三余一,好吗?

没想到这两人不仅横而且赖皮,人们又把眼睛瞪大了,看着青年。

青年什么也没说,却从口袋内掏出一样东西在黑老大的面前了晃,然后撂出一句狠话来:看来,峰哥的面子不够大,这家伙的面子总该够了吧?

刀疤脸一见那东西果然软了下来,他朝着青年抱拳一拱,口称不好意思,打搅打搅,接着向横肉一努嘴,说这里的货物归这位兄弟了,咱们到那头瞧瞧去。说着,两人就往另一节车厢悻悻地走了。

那两人一走,惊魂未定的女人乖乖地掏出八十元钞票,递给青年,说老大,你拿着莫要嫌意。

青年拒绝了。

女人脸便涨红了,又不情愿地拿出二十元来,问,老大,这下够了吧？再嫌少的话我就不坐了。说着她就要起立。

青年一见急了，忙说，大姐，你可别这样啊？快坐下，坐下。

女人说，那好，我坐下了，不过这钱你要拿着，要不，我坐下也不踏实。

青年说，大姐你坐下就好。这钱我真的不能要！

女人说，不要？刚才你不是说这座位要卖也得由你卖吗？

没错，我是说过这话。

女人又怯怯地问，刚才那伙人怕你，是吗？

没错，他们怕我。

那，那，那我就更怕你喽。女人说。

怕我什么？

怕你——嘿，我也不晓得，就是怕。

我又不吃人，你怕什么怕？

女人轻声地嘟囔着什么。

青年终于烦了，红着脸大声对女人说，你这人也真是，想坐就坐，不想坐就算了，少在这里啰唆。

女人起立站到了过道旁。

青年便喊，这里有个空位谁想坐就来坐哈？

站在过道的旅客望望空座，望望怯怯的女人，又望望青年，却没人响应。

青年又放大声音喊了同一句话。

还是没有谁敢坐。

不知青年喊到第几遍时，我起身将座位让给刚才那位胆怯的女人，并挤了过去坐在那位置上。青年一见终于有人敢来坐了，有些激动，起身拉着我的手连说，谢谢，谢谢。

我笑着说，要谢也得先谢谢你刚才吓走那两"卖座人"的宝贝。什么核武器啊,那么大的威力,能见识见识吗?

青年听我这般幽默,也笑了,说,当然可以啦,不过,老叔瞧过后可不能笑话啊?

我说,岂敢岂敢!

青年这才拿了出来,大大方方地展现在我面前。

我一瞧,眼立马直了。原来那是一张某监狱的假释证。

慧蕙师太

小镇有小庵,名菖蒲。菖蒲庵小得只有慧蕙师太和数个女尼。

慧蕙师太明眸皓齿,仙风道骨,大约四十出头年纪。据传,师太本是书香女子,只因年轻时为情所困,才削发菖蒲庵为尼。

庵中有一小尼,法号慧心,十八九岁,亭亭玉立,也有些来头,说是十五年前一位红军军官北上时寄养在庵中的女童。

师太与慧心很投缘,师太视慧心如己出。

一天,众尼在殿堂做完早课,趁着早斋前的空隙,师太用低沉的声音传达了当地政府的重要信息。师太道,现在解放了,佛门弟子还俗自由。师太又道,愿还俗者,可投亲,可靠友,无有亲友者只要愿去农会登记,也能和当地农人一样,可分到一份胜利果实。师太还道,土改进展迅猛,时间紧迫,还望各位切记,切记。

话音落,慧心道,愚徒不愿还俗,只愿陪伴师太终身。

便有女尼附和:小尼也不还俗,小尼在俗间受尽了苦难,才虔诚皈依佛门,岂有再返的道理。

是啊,是啊,还哪门子俗! 又有女尼嘀咕。

师太摆摆手,道:时代变了,一切随缘,都回到你们亲人的身边去吧! 据贫尼所知,除了名刹古寺,像菖蒲这种名不见经传的小庵,恐怕难以养身了。还望各位好自为之,一切都是缘分。阿弥陀佛。

师太,菖蒲庵虽小可也有三百多年的历史,香火应该不是问题。有尼质疑。

师太摆摆首,道,倘若我庵能沐佛祖之祥瑞,偕胜地之美景,保得香火缭绕,自然甚好甚好。不过,据贫尼妄测,后事难料哇! 你们也瞧见了,人间已是天翻地覆,昨儿农会已将"破除迷信"的标语刷到庵门口了。阿弥陀佛。

何去何从? 众女尼皆沉默了。

哪儿来还哪儿去,趁着年轻,找个好男儿嫁了,安安逸逸地过日子。当今政策已明,还俗之后,人人皆可分到一份田产,自食其力,胜似在这儿每晚面壁青灯。师太道。

师太,我们都走了,那你哪? 有小尼问道。

我么? 一把年纪的了,注定佛缘未了,斋戒终身。师太话虽淡定,心却微澜,她也不知道菖蒲庵一旦失去善男信女们的香火,将何以存身,难道重返世俗?

众女尼默默无语,各忖心思。

这些小尼,除去个别感情纠葛遁入空门的,大多是因为家境贫寒难养送进庵里来的。如今还俗也能分到一杯"胜利果实"之羹了,自然她们的亲人又纷纷来庵劝说,众尼的心儿早已动了。

果然,时不多久,该走的全都走了。

庵内突然安静下来,陪伴师太的仅剩慧心和一老尼。

师太望望慧心,甚是怜爱。

是夜,师太将慧心招至榻前,对其言明了身世。随后师太秉烛将慧心引领到宝殿后堂菩萨面前,躬身做了三揖,默念请求菩萨宽恕又要惊动大驾,念毕从莲台座下取出书信一封交予慧心,道,这是你爹亲笔书信,你看完之后,也别怨天尤人,也是当时战事紧迫,军中拖儿带女不便,才将你寄予庵中。你明儿带着它尽管去找当今政府,我打听过了,你爹健在,还做了不大不小的官。

慧心读罢书信早已泪流满面,十五年厮守相伴,师太教诲,识文断句、针绣书画,皆历历在目,她一头扎进师太怀里,泣道:您就是我的亲娘,我哪儿也不去!

师太拭去慧心泪水,道,傻孩子,甭讲傻话,美好人生,正等待着你哩。

是夜,师徒二人长谈,不知为何,一阵哭来一阵笑。庵中蝙蝠不时被惊飞乱窜。

复一日,师太为慧心送行。慧心含泪朝着师太三叩首,告别菖蒲庵而去,却行不过数步,突然转过身来,朝着师太喊叫,姆妈,您一定要等着啊,我爸会来接您的!

三个月后,两骑枣红大马飞奔到庵前的大樟树下,两军人翻身下马,往庵门走去。岂料庵门紧闭。

长者上前叩响门环,半晌,一老尼探出头来问他们找谁?答找慧蕙师太。老尼道,是谭先生吧?你来迟了,师太两月前云游了,临行时留下书信,要我交付给你。说完关闭了庵门。

长者拆开信笺,瞧过,不禁喟然叹息。

年少者不解,问,首长怎么了?

长者展笺念道:聚也是缘,分也是缘,沉也是缘,浮也是缘,恨也是缘,爱也是缘,缘本是缘,何需寻缘?

婚姻降幂之理论

一

秦琴是个漂亮的女孩,秦琴的美能惊倒一大片男人,还能嫉妒倒一大片女人。

秦琴从小就知道自己很美。女人一美就是资本,可不,秦琴在她二十岁的生日时就将自己的未来先生规划得美不胜收了。说形象点,她心中的先生必须具有"四子",即:样子、位子(置)、房子、车子。样子嘛,就是要长得帅,而且要一米八以上的个子,谁让秦琴身高一米七哩!位置嘛,至少要正科吧,谁不愿自己的先生出人头地?房子嘛,要三室两厅两卫,大概138平方米以上,房子宽敞点好哇!车子嘛,不讲奔驰宝马,别克级也不算过分喽!

二

秦琴过完二十三岁生日之后,猛回首,发现远没自己优秀的同龄女孩差不多都有了归属,而自己还是孤芳自赏,便有了些许自嘲,是不是自己太阳春白雪,和者寡了?于是她将近三年内交往过的男人做了一次总结时的回顾,感觉自己确实是有那么一点。记得有一位兰姓男孩,各条件还真不错,仅是因为没有达到正科的级别,就被自己无情地淘汰了。想想看,那么年轻的小伙又能有几人上正科?做官不都是一个台阶一个台阶地上吗?再说官位很有限,不然还有什么要官跑官买官卖官的呢?要、跑、买来的官毕竟不正路,算不定一夜之间又丢了。想到这一层,秦琴心一横,说秦琴呀秦琴,你还坚持"正科"头衔干吗?

三

秦琴过完二十六岁生日之后,猛回首,发现同龄姐妹们如今一个个都生儿育女了,而自己还是孤家寡人,便有了一些自省,是不是自己太苛刻了?于是他又将三年来对自己有那么点意思的男人梳理了一遍,意识到自己确实太不可思议了。别的不说,就拿某公司那位党姓青年来讲吧,人家房子车子都高档,不就是个高欠点儿,可比自己也不矮嘛,为什么就通不过?高女人配矮丈夫不是很多吗?过去有,现在有,将来还会有!为什么自己就不能宽容呢?秦琴呀秦琴,下次你可不能再这样啦!只要有房子车子,个子又算什么呢?

四

秦琴过完二十九岁生日时,猛回首,发现同龄姐妹们的儿女有的上小学了,最不济的也上幼儿园了,而自己还是孑然一身,便有了自问,是不是自己变丑了?于是她对着镜子仔细地瞧了又瞧,还真让她瞧出了毛病儿。如眼角起了鱼尾纹呀,脸颊也少了红润呀,她就越发想起那个邯姓男子的好来。人家多忠厚啊,才见面三次就自报家底,说他不是正科也没有一米八个子。可人家毕竟拥有一套住房嘛,为什么自己眼睛还盯着车子呢?秦琴秦琴啊,你应该让车子见鬼去吧,能有一套爱屋就足够了!

五

秦琴过完三十二岁生日后,她不敢再回首了,可是又不能不回首。她知道同龄的姐妹们的儿女不是上中学就是上小学了,而自己还是孤苦一人,顷刻,自卑爬上了她的心头。每当夜深人静时,秦琴还会想起那些曾经对她大献殷勤的男人,以及那些对她横加嫉妒的女人,如今见了她都是使用怜悯的眼光,她禁不住泪眼双流,心疼如焚。

于是,在一个凄冷的冬季,秦琴砸破了顾影相怜的镜子,丢弃了胭脂口红,身着简装素服,背上行囊,独自一人直奔青云庵而去。

短信一案

弟弟来电说,妈妈又住院了,尿毒症,需要换肾,不然就活不多久了。

李芹听后,眼泪就吧答吧答地往下掉,泪眼中尽是妈妈操劳的身影。弟弟还说他愿为妈妈献出一只肾,可是检查结果不尽人意。李芹明白了,她放下电话就告别了打工的城市,直奔妈妈就诊的医院。她想起十岁时就没有了爸爸,没想到十五年后阎王爷又要来抢她的妈妈。她不能没有妈妈,弟弟也不能没有妈妈。于是,她决心与命运抗争一下。

检查结果是,母女俩肾的各项要素很相配,李芹感到欣慰。可是当她听到换肾还需要一大笔手术费时,心一下子又沉重起来了。她打工的钱大部供弟弟上学用了,剩下的全部积蓄也只够个零头。她犯难了,上哪儿去弄这么大笔钱呢? 借吧,肯定没门儿。她家穷,亲戚们也都穷。眼看着妈妈的病情一天天恶化,一天天迫近鬼门关,她的心像刀绞一样。

李芹正在无计可施的时候,突然灵魂出窍,想起半年前在某星级宾馆打工时,曾收藏过一份与会人员名单,有职务、通联等。当时她收藏那份名单的初衷是,弟弟大学快毕业了,算不定这东西能给弟弟应聘提供点信息帮助。当她将那份名单寻出来之后,便有了一个大胆的设想:呵,对不起了,各位领导,请原谅我吧,我只有一个妈妈,作为女儿我不能见死不救啊!

于是,李芹从那份名单中挑些有职有权的男性名字群发了一份短信。她明白直说借款肯定是不行的,于是,她这样写道:

亲,还记得我吗? 我是宝贝。自那晚与你那个之后,一直惦记着你。现在,我不幸得了那种病,需要治疗,可我没钱。亲,记得要帮我哦……

我的卡号是:……7788。

李芹的短信发出不多久,卡里就陆续进了几十笔款子,金额不等,最多的一笔是两万,最少的也有两千,总金额够母女俩做肾移植手术费用了。

当妈妈被推上手术台时,妈妈不安地问她钱从哪儿来的? 她就含糊地说,是从朋友那儿借的。妈妈的眼睛红了。妈妈曾听说有位女儿为了救治父亲的病,愿意以三十万元的身价许给任何一个男人的故事。妈妈警惕了,便说:"闺女啊,你不要做傻事呀,妈已是半截身子埋黄土的人了,可以死了。可你年轻啊,日子还长着哩。妈宁肯去死也不愿你嫁给一个不爱的人啦!"李芹摇了摇头说:"妈,您老想多了。"

因为有了钱,李芹和妈妈顺利地完成了手术。医护人员很尽心,手术也非常成功。

手术后，李芹因为年青，身体比妈妈恢复得快。那天，医生欣喜地告诉她，明儿便可以出院了。医生还说，妈妈还需要一段时间观察和疗养。那一刻，李芹好高兴哟，便盘算好了，明儿一出院，就请医护人员吃一顿饭，也算是一分谢意。

可是，李芹的想法落空了。

第二天一早，一男一女两警察突然出现在她的病房。李芹一见，脸立马刷白了，明白该来的终于来了。

取证时，李芹非常配合，把她的诈骗犯罪事实和盘托了出来。

审判是不公开的，只有当事人的亲属参加。那天，李芹已有心理准备。她只想瞧瞧原告是怎样的一群男子汉。可是，让她纳闷了，原告席上仅坐着一位戴着近视眼镜的中年妇女。

怎么会呢？难道……李芹正胡思乱想时，法官便念了原告的名字。李芹才如梦初醒，原来发短信时犯了一个致命的错误，将一位拥有男性名字的女人当成男人了。

可是，让李芹意外的是，那位原告听了她的辩护律师陈述之后，觉得她爱心可嘉，又系初犯，便原谅了她。

最后，法庭以诈骗未遂从轻发落，实行缓刑，并由她亲人担保当庭释放了她。

明明是诈骗成功得了款的，为何又变成未遂呢？原来，办案人员在取证时，那些打钱的官员，多数否认了向"宝贝"账号打款一事，少数没有否认的，却说他们也是因为行善，对当事人的不幸怀有怜悯之心。

真是意外中的惊喜，这让旁听席上的妈妈和弟弟涕泪交加。

宣判结束，妈妈急不可待地奔上前去，紧紧地拥抱着女儿。

母女俩泣泪相拥。

最后，母亲喃喃地叮咛道："芹儿，咱们碰到好人了，全都是好人哪！往后你挣钱了，要记得还清人家的情和款啊！"

"妈，我记住了，女儿明儿就出外打工去，还钱。"

后来，人们都说，是李芹的孝心感动了天地和鬼神，才让她逃过一劫。

五十年的梦

西边的日头还老高，许奶奶喜滋滋地出坳了，她首先去村头的五姑婆家。人身未进屋嗓子却亮开了：大妹子哎，今儿晚上一定要去我家坐坐啦，我做好了擂茶。五姑婆应道，好好好。许奶奶又说，一定来呀？五姑婆答，一定来一定来。许奶奶这才放心地朝村中走去。

待到许奶奶走远，五姑婆这才想起只顾自己忙而忘了问她遇上啥好事值得老姐妹一聚的。虽说，这些年值得农家高兴的事多了起来，譬如才搞了费改税不久，接着又免了农业税，可这些好像与许奶奶关系不大，她孤寡老人一个，老早就吃"五保"了。难道说，是她的弟弟回来了？早些年听说许奶奶娘家有个弟弟在城里当包工头，发了，可后来因为工程质量问题被带出行贿的事，被判了刑。

唉，许奶奶命也真苦。丈夫在农业学大寨那年，开山修梯田，排哑炮时牺牲了。按说丈夫是为公而牺牲的，而那个公哟，讲起来至今让村里人耿耿于怀。那梯田如今早没了，责任到户后，退耕还林了。后来,她儿子又被埋在一家小煤窑里,黑心窑主跑了,赔偿也没得。

晚年的许奶奶吃"五保"。大山深处的"五保"能保啥呀?那时乡亲们都穷啊!俗话说,爹亲娘亲不如自家的嘴巴亲。劳力好的农户尚且在温饱线上挣扎,一个五保户又能好到哪去?不说别的,村里的两次用电机会,许奶奶都失之交臂。一是十年前的消灭无电村,二是五年前的农网改造,还不是因为许奶奶是个孤寡老人?还不是因为村里穷,害怕为她出电线和电费?虽说许奶奶是独门独户,可离村电源点也不到两百米,能费村里多少?唉,许奶奶苦哇,至今还在点油灯。

五姑婆记得十年前消灭无电村时,自家首先用上了电。开初那些日子,许奶奶夜夜上她家坐。这些年许奶奶倒来得稀了,说点惯了油灯,见不得电灯照,一照就流泪。记得许奶奶年轻时和她一起修水电站,那股子劲火没得说的,许奶奶挂在嘴上的话是,姐妹们耶,崭把劲哟,"电灯电话,楼上楼下"就在眼前哟。唉,也许这只是她永远的梦了。

日头落到西山时,五姑婆又听到了许奶奶的声音:大妹子,今晚一定要来呀,我刚才又约了秋菊、蜡梅,你还记得吗?1958年,在五号坝修水电站,我们四姐妹才十七八岁,都是"穆桂英小队"的。有天下大雨,实在不能干活,我们坐在工棚里打扑克。五姑婆接过话说,是哇是哇,打"吹牛皮",你老赢,蜡梅老输。算来有好多年没在一起玩喽,今夜就上你家玩好不好?许奶奶说,好好好。许奶奶还没"好"完,五姑婆却叫了起来说,不好不好,要玩还是在我家,你家又……

五姑婆"没电"二字还没出口,许奶奶就打断她的话说,妹子耶你放心好了,今晚保证让你满意,我把灯搞亮堂些,谁想偷牌都不成。她们几个在一起玩牌都爱偷牌。

五姑婆一想也好,好久没在油灯下玩牌了。

天没断黑,五姑婆、秋菊奶奶,还有蜡梅姑婆三位相邀赶到许奶奶家。当她们叽叽咕咕踏进这所稍嫌冷静的农舍时,突然,她们的眼前一片辉煌。哇,许奶奶家也点上电灯了。许奶奶打开了所有的电灯迎接她们哩。

这一晚,许奶奶特高兴,她一面招呼老姐妹们喝擂茶,一面嘴不歇气地唠叨,而唠叨的内容总是县政府与电力局落实"户户通电"的事,还说为她免费送上了电,从此以后就不用点油灯了。许奶奶唠着唠着就出热泪了,说要是老伴和儿子还在的话,不知会多高兴嘞!.许奶奶说着说着就撩起衣角擦泪。

五姑婆怕许奶奶太伤感,就安慰她说,许姐今晚你老用上电了,要高兴哇!我们就是冲喜来的,你不是说好今晚打扑克的吗,我们现在就架势好不好?

好好好,还打"吹牛皮"?同来的秋菊、蜡梅试探地问。

不,打"争上游"。许奶奶纠正说。

这一夜,四老姐妹玩到很晚才散。

第二天,晌午了,许奶奶家还亮着电灯。这事让撵鸡的五姑婆发现了,甚惑,心想你许姐再高兴也用不着大白天点电灯啊?她便往许奶奶家去打算提个醒儿,人还没到许奶奶家门口,老远就喊,没人答应,紧走几脚,推门,门是关的。五姑婆心就揪了,她急急地从村里喊来几个老汉(年轻人都出外打工了),将门撬开。五姑婆第一个冲进内室,一瞧,许奶奶已安详地去了极乐世界。

许奶奶出殡那天,五姑婆红着双眼逢人便说,许奶奶是在电光照耀下走的,圆了五十年的梦,也值了。

卞师傅教子

卞师傅又举起了酒杯，老伴说："不喝了罢，瞧你眼睛都红了。"说着要来夺卞师傅的杯子。恰在这时，儿子卞文武正油头粉脸地打从他面前经过。于是卞师傅就断喝一声：站住！卞文武不以为然地继续前行。卞师傅便"叭"的一声将酒杯掷在地上，吓了老伴一跳，也吓了卞文武一跳。卞文武回过头来一看，卞师傅正血红着眼睛盯住他呢。

好汉不吃眼前亏，瞧那模样，算不定酒瓶就甩过来了。想到此卞文武一双脚便不自主地停了，望着卞师傅说，爸，你叫我？

坐下！卞师傅指了指对面的椅子命令着。

卞文武虽不情愿，但还是斜着身子坐在卞师傅的对面。

坐好，卞师傅硬硬地说。卞文武无奈地挪正了身子。卞师傅这才打着酒嗝问：你今年多大了。卞文武苦着脸说，爸，这你还用问我吗？可是此话刚落，他发现父亲的眼睛在喷火。

卞师傅能不火吗？卞师傅单位是大型国企，自从单位分配制度改革之后，才参加工作的小青年，因为靠了个职务，工资就一下子窜上去了，比他这个干了30余年的老头还高出一大截。卞师傅想，改革咱赞成，按职务岗位拿钱咱也没意见，可总不能将工作经验撇开吧，经验里头也有技术含量呵。可硬是被人家一笔抹掉了。为此，卞师傅找到改革者，人家回答是，你觉得当官的拿多了，你也争取进步哒。晕，都年过半百了，还进步？这不是奚落人吗？唉，要是 30 年前，谁敢在他面前牛？记得当时他给师首长当警卫员，三年役满时首长问他在部队继续干还是回家。其时，恰逢十年动乱时期，大学不招生，当兵的吃香，特别是城市兵，回去不愁好工作。他来自城市，还有一个心仪的姑娘正在等他。于是，他选择了后者。

卞文武瞧出父亲架势不对，忙熄火地说，爸，你心里不舒服吧。

卞师傅沉默了会儿，掏出一支烟来，点燃吸了一口说，我是心里不舒服，你以为我是为自己？他又猛吸一口提高声音说，我是为你而心疼。你想想看，同你一起来的有多少当上中层干部了，最不济的也当上了股长、班组长什么的，而你成天晃荡晃荡的，像个少爷似的。现在你知道差距了吧，人家工资高出一大截，坐车、打电话都不用掏腰包，还有许多看不到的……

爸，可我不是当官的料哇。卞文武打断卞师傅的话。

什么料不料的，想当年我只有初中文化有得当，我还不……

那是你运气好，给师长当警卫。在一旁收拾碗筷的老伴生怕他又要在儿子面前扯起那段老皇历，而责怪她拉了他的后腿，没有接受部队提干的事。

卞师傅不耐烦地朝老伴挥挥手说，去去去，我在教训儿子哩，你莫插嘴。说着又回过头来对着卞文武说：你没比别人少哪样，是不？你也是有文凭的人哪，是不？

卞文武说，我那个"电大"文凭算什么？

算什么，你讲算什么？卞师傅又提高了嗓音说，不讲别的，就讲和你一起长大的卞三，他不是和你一样的文凭吗？为什么人家能上去你就不能？告诉你，官场里面还有不少假文凭哩！你自卑什么？要自信，关键是自己要往那方面去想，如果你不想，即使别人送个官给你当，你也会像当年的我……卞师傅觉得又扯远了，就自我解释地说，我不稀罕当官是因为我那个时代流行的是"当官不发财，粮食减下来。"如今不同哟，流行的是"当官不发财，请我都不来"，你好好琢磨琢磨吧。卞师傅说完就打了个哈欠，说你走吧，我要休息了。

打那之后，卞文武就像变了个人似的，钻营成了领导的心腹，两年之后被提拔为中层干部，后来他又玩尽了权术，果然成了有头有脸的人物。

再后来卞文武被"双规"了。

卞师傅去探望。父子俩在斗室内相会，卞师傅早已老泪纵横，说，儿子哟儿子，是我害了你。你可要好好交代，争取宽待处理呵！

"砍"出来的亲戚

砍青就是砍掉高压电线下面生长的竹木，以防它们与带电线短路而造成线路跳闸，跳闸会造成大面积突然停电，是事故。

从前，砍青好砍，那时，什么都姓"公"。如今可不行喽，田土山林到户了，想动一竹一木，都得事先跟户主讲好价。不然的话，就看人家怎样"砍"你了。曾发生过这么一件事。有位新工人自作主张地将一株危及线路安全的新竹砍了。后来户主就"砍"了单位 800 元。想想看，一根新竹再怎么着也值不了那么多是不是？然而人家却说，一根竹子是值不了多少，可竹子可以生竹笋，竹笋又可以成竹子。如此这般,好比老愚公所说的,子子孙孙是无穷无尽的,索赔800元还是轻的哩!碰到这样的主除了自认倒霉又还能怎样呢?所以后来大家就学聪明了,凡遇上这种事都是先讲好价再砍伐。只要给的价合理,大部分户主还是通情达理的。不过也有些蛮不讲理的,提出一些无理要求,如有要求给子女招工的。

这次,一农妇要求就更离奇,说要把她六岁的儿子给我们线管所主任做干儿子,不然就休想砍树。想想看,这叫什么事儿?主任今年二十七岁,才对上象,还没结婚哩!这能行吗?要是这事让他亲爱的知道了,不拜拜才怪哩!可是我又不能不汇报,因为那棵树不把它伐了就时刻威胁着电网的安全。

更没想到,主任听罢我的汇报,说,好哇,没结婚就有儿子送上门来了,好事咧!走,瞧瞧去。

工具车在乡间便道行驶了个把小时之后就不能再走了。我便将车停在路旁,下车与主任一道往那家农户走去。十多分钟后,我们就来到了一座竹木掩映的土坯房前。一只黄狗窜了出来,朝着我们汪汪地叫。

随着狗吠声,从灶屋里走出一个腰间系着围布的三十来岁的妇人来,她手里还提着猪食盆。她就是不让我们砍树的袁桂花。袁桂花一面呵斥着黄狗,一面向我们打着招呼,问我:张师傅,你们主任来了吗?

这就是我们的王主任,特意看你来的。我忙指着主任介绍说。

没想到主任这么年轻啊。袁桂花望了望主任说,主任没到三十吧。

可不是,还没结婚哩!可你……我没好气地说。

老板呢？主任忙打断我的话。

此时，袁桂花端出两杯茶来，放在主任与我的面前，说，上广东打工去了！接着她又补充说，这个家我说了算呢！

是吗，看不出来你还是女中豪杰呢？主任也不失时机地幽了一默。

豪杰可不敢当，这个家还是当得落的！袁桂花回答之后又转过脸对我说，张师傅你把我的意思跟主任讲了吗？

我答，讲了讲了，主任就是为这事来的！

袁桂花又转过脸去问：主任，你的意思呢？

主任啜口茶绕口令般答：你要问我的意思么？我还得先听听你的意思。

袁桂花听主任这么一问，眼圈儿立马红了。

原来，袁桂花的丈夫陈平鑫早先是农电站的村电工，只因他秉公收电费，得罪了村支书和村主任，五年前就被无端地取消了资格。她想结下这门亲是想借助主任的关系，好让自己男人重新当上村电工。

听罢袁桂花的叙述，主任沉默了好一阵才问袁桂花：陈师傅现在在哪？

袁桂花答：在广东。

在广东做什么？

聘在一家施工队当电工。

有电工证吗？

有，早就有了，当村电工时就有了，要不然人家也不会聘我老陈是不是？

在施工队做事钞票不是还足些吗？主任真假莫测地玩笑着说。

不是钱多钱少的问题,关键是争口气哩。袁桂花有点气愤地说。

主任赞赏地点点头。

袁桂花又放低了声腔试听地问:主任呵,听说农电体制改革了,农村供电所要挑选一批优秀的电工充实农电队伍,还听说你们农电用人也不再受乡、村领导制约了,是不是?

主任又点点头。

能不能让我家老陈也来试考一下啊?

好哇,只要不嫌弃农电工钱少活儿累,若上级有公开招聘农电工的消息,我就立马通知陈师傅。主任说到这儿,一脸严肃地说,不过,我们用人讲的是公平竞争,不讲关系呵。

此时,我觉得时机成熟,就对袁桂花说,袁嫂,你儿子还认干爹吗?

认,谁说不认啊?袁桂花说完朝里屋喊:铭伢子,快出来拜拜你这个管电的干爸爸。

话音刚落,就从里面钻出一个虎头虎脑的约六七岁大的男孩。袁桂花忙示意儿子先行跪拜礼。主任见状忙一把扶住了男孩,说,别这样,别这样!说着,他就摸索着口袋,从里面掏出一支笔来红着脸对男孩说,干爸没什么见面礼,就送你一支钢笔,要好好读书呵,长大了就和你爸爸、干爸爸一样,也当电工好不好?

男孩很认真响亮地回答说,好!

立马,袁桂花,还有主任和我,全都笑了。

请不要告诉别人

女儿大学重本毕业招考进局里工作，一天吃晚餐的时候问我;爸爸你认识康复礼吗？我说是不是中等个儿，一口本地话,年龄要比爸爸大一些？女儿说,正是。我说怎么不认识呢？他可是全局的名人哪！他有句口头禅就是"请不要告诉别人"。女儿点点头又是一个"正是"。我说是不是他在你面前说,告诉你一件"请不要告诉别人"的事啊？女儿听罢说,这人真逗,这两天老是到我办公室说他一个亲戚是上海某汽车集团公司的老总，问我买不买小车,买小车就找他,挺热情的！我说,可不是,他对每位新来的员工都会这么说,不信你可打听去。女儿说,这么说他是不是有神经啊？我说,神经应该是没有的,就这毛病儿,要不然,他是不会同新员工侃小车的事儿,新员工又有谁购得起啊？

记得二十多年前我刚分来单位不久,一天同科室的人都出差了, 我一个人正埋着头写东西。突然进来一个三十多岁的汉子,汉子脸黑个头瘦小,站在那儿很不打眼。他问我你们科长呢？我说科长今天开会去了。他说你是新来的吧。我说,是的。他自我介绍说他叫康复礼,在行政科上班。我给他倒了一杯水。他说别客气。他接过水问,你不是从学校分来的吧？我说是从部队下来的。他一听我是从部队下来的。突然兴致高涨地说,啊,你是部队复原的,那你认识杨得志吧？我说,哪个杨得志,我那个连队没有叫杨得志的人。他说,你那个连队当然没有啦,我说的是总参谋长杨得志,老家就是我们那儿的啊。我说,你说的是杨总长,我哪能认识他呀,我要认识他我也不至于才弄个志愿兵就转业啊,至少也得弄个连职干干才对,你说是不是啊?他被我说笑了,只一会儿他就收住笑且神秘地对我说,告诉你一个秘密,不过你得先答应我,千万不能告诉别人。我说,好,我答应你,决不告诉别人。他说你想不到吧杨得志是我的表叔,想当兵的话就找我。我想,神经啊,才从部队下来又去当兵。末了他又重复说,请不要告诉别人呵。

后来,我知道他不只是同我讲他和杨总长是表侄关系。那晌,凡新来局里的人他都要去讲一讲,末了都要加上那句——请不要告诉别人哦。有一次,大概是1994年的秋天,他正与一位新来的员工说"请不要告诉别人"的时候,一位职工拿着一份《湖南日报》对他说,老康啊你瞧瞧,你表叔昨天在北京逝世了,怎么没通知你呀?杨总长的株洲亲友团都送了花圈,怎么就没有你呀?康复礼听罢红着脸一句话也不辩解,逃也似的走了,从此他再也没说杨得志是他的表叔了。一段时间内,大楼内各科室也少了他的身影。

不过,没过多久,康复礼又频繁地出现在各科室了。他这儿望望,那儿瞧瞧,看是否室内又增添了新人,若是来了新人,他又会诉说他的名人亲戚。不过他的名人亲戚已变成了另一个人。后来我发现他的名人亲戚也是与时俱进的,很是符合时代发展需要的。2003年康复礼退休了,我原想他不会再来办公大楼了。然而我想错了,他退休之后,空闲时间更多了,也转得更勤了,还扩大到基层单位了。唯一不变的是,他依然专找那些新面孔的员工说事,说他的名人亲戚。

前不久,我倒是听到他真的攀上一位名人亲戚。他的小女儿上网谈了一位网友,并且两人很快地爱得死去活来,及至两人走入婚姻的殿堂时,他的小女儿才知网友是有前清皇族血缘的后人,在沈阳做古董生意,对鉴别文物很里手。

正好那里,我有一件东西是十年前在古董市场上花五百元钱掏来的,很想请个行家里手鉴别一下。我就找到康复礼,并说明了来意。谁知他一口否定了,连连说,我没有这样的亲戚,没有这样的亲戚,都是别人瞎编的!真的没有,老罗你可别瞎相信呵!

"老舞"

都叫他"老舞",我原以为他姓"伍"或"武"什么的。一次上街,对面相遇,我就很客气地叫他一声 WU 师傅。他瞧了瞧四周,没别人,知道是叫他了。便对我说,本人不姓伍,姓陆,大陆的陆。当然,你想学舞的话可以找我。倒把我弄了个大脸红。其实我就是在舞厅时听到别人这么喊他的。当然他是不会认识我的,这好比初段棋手能认识九段高手,而九段高手不一定认识初段棋手一样,除非他们是师徒关系。

"老舞"的舞技自然是没得说的,用北方的话说,叫盖帽儿了。虽然跳的都是交谊舞,套路大同小异,可他硬是跳得韵味绵长。同样的慢三快四曲调,他的舞姿就格外的爽眼。女士们都爱与他跳,他犹如舞蹈广告,同他共舞之后的女士男士们都特愿意邀。

有一次,我向他请教。他告诉我:交谊舞与其他舞蹈一样,跳的就是乐感,是舞者对音乐的理解与感受。他还说,每一支舞曲都有它的独特之处,有时你得跟歌词走,有时你得跟着器乐声走,有时你得跟着鼓点走,总之要紧跟主旋律。经他这么一点拨,我的舞技长进不少,以前我跳舞是没有回头客的,如今重邀别人跳时,再也听不着"我累了"或"想歇息一下"等托词了。

交谊舞热那一阵子,"老舞"曾参加市"国标"赛,并得过大奖,还上过电视。那时,听说他不用购票就可随意进出全市任一家舞厅。老板们都认为他的光临可带动舞厅的票房价值。这话是否当真,无从考证了。

现实中的"老舞"却绊在跳舞上。"文革"之后改革开放,提拔干部讲"四化",他是"文革"前的专科生,条件全具备。厂里也拟定提他为车间副主任,可是拿到党委会上讨论时却出了岔。厂党委书记是个刻板的老人。老人一听说"老舞"业余时间常与本厂一位靓妹上舞厅"搂抱"时,立马表态说:"还是让他多一点时间去舞厅吧,当副主任可就没那么多空了。"就这么一句话,他便成了北宋时的柳永。柳永被皇帝老儿批示去酒肆歌坊"填词"之事,世人是知道的。

仕途堵了,"老舞"懊悔得想吐血。谁也不会与官位为仇是不是?事后他明白了:因为嫉妒,别人在他头上泼脏水。为了亡羊补牢,他就将"两不跳"——不与有固定舞伴的女士跳,不与年龄相差悬殊的女士跳之后又加上一条,不与本厂的熟人跳,成为"三不跳"舞蹈原则。

那年,兴"提前退休"。传说从此以后,所有退休人员都要纳入社会保险,一个月最多只800元退休费。"老舞"想想自己距退休年龄也只六七年光景了,提前退休还划算些,每月有千多块。于是"老舞"就在那年退了休。

退休后的"老舞",泡舞厅更勤了,一日三场舞,场场必到。好在他去的舞厅都是"下里巴人"式的,一月用不了多少银子。

如今,"老舞"与我很熟了。我知道与他常搭档的那位身材依然姣好的女士就是当年给他仕途惹来非议的同厂靓妹,如今也成了徐娘了。我就调侃他:陆老师,你的"三不跳"原则呢?他听罢哈哈大笑,说:我是在"与时俱进"哩,譬如"不与同厂的熟人跳"这条,破了。那时是怕人太关心我,如今一介退休老头,谁还会在意?说到此他反问我一句:当然有些原则还是要坚持的,譬如……哎,你几时见过我抱着下一代跳舞啦?

这话倒把我问住了。

留住青山葬忠魂

儿子说,车子只能到这儿啦,老爸,我们下车吧。

父亲没吭声,父亲的耳早就背了。父亲老喽,八十八了,手脚都不便了。

儿子瞧着迟钝的父亲,眼睛便红了。

父亲年轻时可是个人物,十六岁就参加了八路,跟着部队转战南北,打了大小百余仗,也落下几处伤疤。父亲是河北保定涞水人,不过那儿已没有父亲的至亲,他的亲人都被日本鬼子坑害了。

母亲说,跃进呵,可要小心点。你父亲身上有伤。

母亲是湖南人,母亲比父亲小十岁。母亲年轻时是美女,还是个中学生,解放初期的中学生了不得,是被称为小知识分子的。不过,小知识分子的美女母亲还是被没喝多少墨水的父亲轻易地俘获了。父亲是南下干部,那时南下干部香啊!

母亲和父亲结婚后,曾陪父亲回过一次父亲故乡,还陪父亲来过这儿。那时,河北老家有父亲的一位远房姑姑。父亲说是回乡探望姑姑,倒不如说是想在乡邻面前显摆一下。项羽都说,得志时不回乡犹如锦衣潜行。

可是,母亲从那以后,再也不想来了。

后来,父亲曾多次邀请母亲再来这儿时都被母亲婉言谢绝了。母亲说,老头子你老家又没亲人了,去那儿有什么意思?再说我也吃不惯你们老家的饮食,一日三餐窝窝头,那东西硬的砸得人死,咬一小块就满口钻,没有开水崴就咽得下肚。

母亲说的是实话,她陪父亲回乡那次是20世纪50年代中期,那时生活苦,农村生活更苦。当然,母亲还有一条不便说出的忌讳。那次父亲硬拉着她来过这儿,噢,对喽,这儿就是有名的野山坡生态区。这怪不得父亲,父亲对这儿有感情,这儿曾是他战斗过的地方,这儿还埋葬着他的一位生死战友,也是他的老班长。要不是老班长在那次反扫荡中扑倒他为他挡住了致命的弹片,那么躺在这深山老林墓中的就是他了。那次,父亲还亲口对母亲说过,将来他老了也要葬到这儿来,陪着老班长守护这片热土。

儿子轻轻回应了声"嗯",便掌扶着父亲默默地走向那片墓地。

母亲默默地跟在后头。

父亲仕途还算顺利,从小科长一步步升迁直至副厅级离休。父亲在职时太忙。父亲是工作狂,回乡的事常常是有心没时间,被耽搁了。那时假期少,碰到逢年过节,母亲这边亲戚又多,应酬都忙不过来,更没有时间了。

不过,父亲自20世纪80年代末离休后,每隔两年都会回老家一次,说是为先人扫墓。其实,全家人都明白,这是借口。爷爷奶奶的尸骨都被鬼子焚毁了,哪儿去找他们的坟墓?父亲是想去给老班长扫墓。父亲是重情谊的人,老班长为他而死,他就认定老班长是他的再生父母,给老班长扫墓理所当然。

父亲七十岁后,身体每况愈下,力不从心,便很少回老家了。有时三五年都难得回去一次,父亲就在老班长的忌日里念叨一番,尽尽人事。父亲八十岁那年病了一场,腿脚不方便了,清明节前,父亲就强烈要求儿子陪他回一趟河北,儿子曾陪父亲回过三次。可是这一次,儿子却找个理由否定了。

从此,父亲就没有再回故乡了。

后来,父亲的念叨反而更勤了,总爱在亲人面前讲陈赓往事。讲得最多的还是他年轻时打日本鬼子的英雄故事,而且每次都不忘记他的老班长。说实话,这些东西他们都听过无数八回了。剩饭炒三遍狗都嫌,他们难免暴露出不屑。父亲那些日子很落寞。

再后,父亲变得怪怪的,说老班长和那些革命烈士真不值,没有享受到胜利成果,却让一些坏人成了暴发户,成了新的老财。有一次,父亲还说他做了一个奇怪的梦,梦见老班长向他招手,要他过去作陪。

儿子听罢便想,父亲的时日不多了。

果然,不多久,父亲就大病了。

儿子说,老爸,到啦!

儿子小心地放下父亲,接着又忙了一阵,随后就一屁股坐在草地上,像是累了。

母亲站在草坪里,抬头望望天,又低首瞧瞧地,感觉这儿真是一块风水宝地,前临绿水,后靠青山,周围青松翠柏守候。老班长就躺在这青松翠柏之中。

母亲肃立着,望望老班长的墓碑,又神情凄惶地转向旷野,默默念道:老头子哎,从今往后你可以天天陪伴你的老班长了。只是有点小遗憾,可你要理解啊? 这儿已开发成景区,要保护原生态,不能再埋忠骨了。老头子啊,儿子依照你的遗愿,将你的骨灰全都还给这片土地了。你不是常说,有没有位置不重要,重要的是要有精神气。你就用你当年的精神气去滋润这儿的一草一木吧。

儿子回首望去,母亲早已老泪纵横。

靠山镇旧事

靠山镇不大也不小,有街道有商店,有机关有学校,还有欢声笑语。

可是,靠山镇也有不幸。不幸的事情是,那年在街的十字路口,连续发生了两起交通事故。受害者都是小学生。

老仁就是在第二起事故之后走进靠山镇派出所的。

老仁对所长说,我要找你说件事。

所长忙腾出一张凳子让座,老仁是靠山镇的老警察。

所长说,老仁,你请坐。

老仁望望所内，说，人哪？都出去了？

除了内勤和我，都下去办案了，警力不够呵。自从你退休之后，连同帮勤的协警，才几个菩萨。所长答。

老仁坐下了，在口袋里摸索着。摸烟？不是，老仁早就戒了。

没等老仁开口，所长像猜着什么似的，忙说，老仁啊，你孙子的事儿理赔还满意吧？

嘿，人都死了，还讲什么满不满意？老仁说着拿出手来，带出一张照片。

不用看，所长知道照片是老仁的孙子，老仁都让他看过好几次了。一个挺活泼招人喜爱的小孩。半年前，放学的时候在镇十字街口被一辆大货撞了，没进医院就断气了。

可是，这次老仁拿出的照片是上周遭车祸的小学生。

老仁说，所长，你瞧多乖的孩子，说没就没了。老仁眼潮了。

所长忙探过头去瞧了瞧，说，是呵，很可爱的，见到我老远就喊警察叔叔哩。唉，车祸无情哪！

老仁说，车祸是无情，可是我们当警察的要有情啊？

所长一时没明白过来，眼瞅着老仁没吭声。

老仁说，为什么不能在那儿站一个人呢？那里是省道和国道的交汇处，来往车辆多，越来越多，有的车到街口都不减速。这孩子和我的孙子就是在那儿出事的。要是有我们一个人站在那里的话，孩子们上学就会安全得多，你说是不？

所长说，话是这么讲，可是路口站交警，那是城市里的事，在我们靠山镇路口放警察站岗是不是有点搞笑？

搞笑？亏你还是领导，讲出这样没觉悟的话，人命关天哩！老仁反驳道。

所长一怔，忙掩饰地点燃一支烟，说，我不是这个意思，实在是人手紧呵,没有编制。

老仁说,又不是全天候值班。我是说上学放学的那个时段,派个警察在那里站一阵子,指挥一下交通,一天加起来也才两个来小时。你想想看,两次事故都是发生在那个时段,也都是小学生,要是有个警察的话,嘿嘿。

所长说,当然当然,现在独生子女多,孩子金贵。可是真的抽不出人啊?

抽不出人?你看我行不?老仁盯着所长。

你?所长呵呵地笑了,说,你老仁是交警大队出来的,当然行啊,可是你已退休了哇。

退休怎么了?退休就不能站岗了?老仁挽了挽袖子,露出青筋暴突的膀子说,你看我的身子骨还行吗?

所长伸出手,拍拍老仁的肩膀说,身体没说的,只是没有经费啊?所长以为他想发挥余热,赚点酒钱。

老仁说,国家已给了我退休费。我是想尽义务,你哭哪门子穷?

所长又笑了,说,听你这么讲,我敬佩加支持。行啊,你什么时候想去,去就是了。

老仁说,好,有你这句话行了。老仁说完就起身出去了。

从此,有一位老警察穿着旧警服,站在镇的十字路口,风雨无阻,护卫着孩子们上学放学。

也怪,自从老仁站在十字路口后,好像司机们一夜之间,都礼让起来了,再也见不着开快车和抢道的了。

为此,小镇连续几年无交通事故。

后来,这事让市报某记者知道了,便到靠山镇采访,并写了一篇题为《山镇孩子们的保护神》的通讯,主角却变成了关所长。

靠山镇的好人好事从未上过市报。"保护神"一文无疑给靠山镇挣足了面子，领导自然高兴了，便下令在儿童节那天，全镇小学搞一次朗诵比赛，朗诵的文章就是那篇发表在市报上的《山镇孩子们的保护神》。

那天，关所长作为"保护神"自然出席了朗诵赛，然而，关所长很快便坐不住了。

原来，凡脱稿朗诵的同学都将原文中的"关所长"顺口念成了"仁爷爷"。

吊扇装在传达室

20 世纪 50 年代，S 市没有供电局，只有供电所。

所一把手姓杨，名承宗，大高个，人帅，河北保定藉，南下干部，十六级，一个月工资百多块，那时的百多元，了不得了。按理，十六级干部应任职县处级才对，可他霉死八人的，只当了个供电所主任，冲顶了，算个正科，明显的低就。而且 S 所是湘中供电局的二级机构，人事、财权双无，窝囊！屁大的事都要先请示汇报，等上级部门批示后才敢定夺。

杨主任初来时，惹了不少猜测。有的说，他在老家有老婆，只是老婆年纪比他大，不水灵。他南下后把老婆蹬了，找了个年轻貌美的南方妹子，是当代陈世美，降职活该。有的说，他在原水利局任职时犯了指挥失当的错误，所以才调这儿降职使用，当然，还另有些版本。不过，谁也不能证实。好在杨主任为人谦和，没架子,对一线工人好。那时提倡干部下现场劳动,每逢周五他便头戴安全帽,身着工作服,同外线工在旷野里挖杆洞、抬电杆、拉电线。有时还带头喊号子,隔老远便能听到他的北方腔调。所以,到后来再也没人讲他孬的,只夸他好的。

有一年,上级给所里批了三台吊扇,原是给他和另两位副手办公室配的。没想到,办公会上,杨主任坚决不受,他的理由是,工人群众五黄六月顶着太阳搞建设,我坐在办公室里吹电扇,岂不成了新的官老爷?那烈士们的血不是白淌了吗?他这么一表态,另两位副职自然也不敢要了。

三所头不要,可也不能把电风扇撂掉不用是不?最后,经过协商,调度组一台,维护班一台,这两个都是二十四小时值班的一线班组,配电扇该。可是余下的一台让大伙儿犯了难,不知放哪儿是好。

恰在此时,电话铃响了,一接是传达室打来的,说有人要找杨主任。杨主任拿起话筒"嗯嗯"了几声,放下电话便拍了板:好了好了,剩下的有着落了,就给传达室,传达室也是二十四小时值班嘛。与会者一听,拍掌通过了,齐道,很好很好。

传达室安上吊扇后,老金和老柳的嘴巴笑得合不拢了,逢人便说,搭帮共产党,享福喽享福喽。其实,守传达,轻松是轻松,可在时间和待遇上要吃些亏,两班倒没星期天,且无野外补贴费。好在两人有工伤,做不得重活,算是照顾。那时外线工特苦特累,靠双手双脚拼工程,对象也难找。

传达室有了电扇后,三伏天,单身青工下班后便去传达室蹭风纳凉。老柳性格孤僻,夫妻关系欠和谐。他不喜欢小青年聚在传达室,因此常冲着他们吼,只晓得守在传达室里蹭风,不晓得回家蹭事做!老金待人宽诚,值班从不吼人,有时他想那个了,便将门钥匙往某青工手中一摞：留点神儿，叔回去会儿就来，说罢哼着花鼓调与老婆温存去了。

同行生嫉妒。老柳对老金还多了一层嫉妒——有老婆疼，便打老金的小报告，直打到杨主任那儿。杨主任便对老柳说，你很敬业该表扬，老金上班脱岗该批评。可是群众反映老金脱岗不脱人，有人为他代班也就不好批评了。杨主任掏出烟，丢给老柳一支：老柳你们守传达责任重，一天呆十几个小时，不容易啊！老柳以为要表扬他便竖起了耳朵，没曾想杨主任却将话锋一转，笑道：老柳你信不？男人呀，都有点那个，哈哈哈……

杨主任的笑声让老柳的耳根发热。老柳想告退。杨主任却没完，又道：老柳啊，我在想，大热天的，要是有人去传达室蹭风，你就让他们蹭吧。反正电扇开在那儿，多个人少个人无所谓的。当初把吊扇安在传达室，也是考虑到职工和来客都可以进去享受一把的嘛。你说是吧？老柳忙答是是是。

从此，传达室和谐多了。

第二年，劳保改善了，各班组都装了吊扇，盛夏便很少有单身青工去传达室蹭风了。老柳有些失落。老金却依然不时地哼着花鼓调。

接着不久，杨主任上调。上调前夕，他老婆来了。人们这才发现，杨主任老婆不俗，一嘴地道的北方话。杨主任离任那天，职工自觉地站在大门口为他送行。

收藏雅兴

庄重凯任期将满便被举报了，罪名是以权谋取名人字画。

五年前，庄重凯调任 S 局时，S 局是个腐败重灾区，人称"前腐后继"局，前三任局长都是因为贪腐，宝座没坐满期就一屁股坐进了牢房。

庄重凯好收藏名人字画。

庄重凯有一诤友名叫梁海文，平时俩常以兄弟相称。

庄重凯上任前夕，梁海文上门祝贺，说是祝贺，其实是给庄重凯打防疫针。

庄重凯见梁海文夹着画轴，提着酒壶登门，忙让进客厅，说，海文啊，你也大小算个雅士，何时也成市井俗人了？相聚就相聚，还提酒来，是怕哥家里的酒不够你醉，是吗？

哪里哪里？我也是才听说你荣调了，正想讨杯喜酒呢！巧的是，女儿回家送我一对茅台。我想，好酒应和好友共酌才好，是吧？再者，好久没有品尝嫂子的厨艺了，肠胃正嘀咕哩！这不，我就不请自来了，哈哈哈。

……

酒醉饭饱后，梁海文起身告辞，临别时遂将所带画轴放在庄重凯手中，说，上次来时，见兄长书房墙壁有一方空地，小弟寻思，空在那儿可惜了，于是信手涂鸦，庄兄不要见笑啊！当然，庄兄觉得不配的话，就丢进垃圾桶里算了。

海文过谦了,我感激还来不及哩!你嫂子早就想要你的墨宝了,我是怕你不给面子啊!

庄重凯说的是实话。

梁海文虽说在字画界不是大家,可也小有名气,得过国内大奖,在小城也算个名人了,现在市文化馆搞专业创作。他的字画明码标价,尺幅两千,从不乱送人。庄重凯接过画轴展开,醉眼蒙眬之中,是一幅《咏莲》图。图中莲花绽放,出淤泥而不染。庄重凯瞧过之后,甚是喜爱,说声多谢就收下了。

庄重凯送到门口,刚要说走好,没想到梁海文又转过身来,说,庄兄,弟今日有句话不知当讲不当讲。庄重凯说,咱们是兄弟,有话尽管讲是了。好,那我就直讲了,我晓得兄长是雅人,有雅兴,好收藏字画,可是有些字画,早已炒成天价,老兄要量力而行,莫要被雅兴所累啊。庄重凯点头称是。没曾想,梁海文又说,如今,老兄荣贵为一局之长,大权在握,要有所为,更要有所不为啊!庄重凯微微一笑,说,记住了。

然而,庄重凯上任之后,依然故我。他雅兴不敛,别人送他字画,只要合他心意,照收不误。这让梁海文大失所望。

更有甚者,传他上任之初,一老板为了标到局办公新大楼的承建权,带着某人的批条上门求见,被婉拒。后来,那老板打听到庄重凯有收藏字画的雅兴,便不惜重金从拍卖市场掏得齐白石的墨宝《群虾戏水》,悄悄奉上,却遭到庄重凯一番奚落,说老板你眼拙也就罢了,怎么也欺我老眼昏花分不清真膺呢?说得老板一脸愕然。半月之后,老板改送了一幅《群虾戏水》,他这才笑纳了。

不过,后来又传庄重凯是个翻脸不认人的官痞。说他虽收了名画,但那老板在大楼工程中并未获得多大利益。原因是甲方在庄的授意下,工程质量把关很严,甚至有些苛刻,没给乙方一点偷工减料的机会。

这些传说,让梁海文分不清庄重凯到底是白脸还是黑脸了。

不过,梁海文每次听到庄重凯收受他人字画之后,总会苦口婆心劝说和义愤填膺地正告,可都不管用。庄重凯有时还会摆出一副玩世不恭的口吻,说人在官场,身不由己。还说,有些东西是"不收不行,收了则行"。气得梁海文大骂:姓庄的,你要是这样执迷不悟,我就和你一刀两断。梁海文说到做到,真的与庄重凯渐行渐远。庄重凯倒是没变,逢年过节都会邀梁海文一叙,而梁海文总是推托。

庄重凯被纪委"请去"的消息,很快传遍了小城。

庄重凯被"请去"之后,梁海文比纪委还着急,他私下找了几位当事人,了解情况后才松了一口气。原来庄重凯收受的字画除去他送的《咏莲》是真迹外,其余全是仿制赝品,论价,值不了几文,构不成犯罪。

果然,没多久,庄重凯平安回来了。

庄重凯回来的第二天,梁海文又提酒登门了。

庄重凯调侃道,老弟又上门问罪来啦?

梁海文说,岂敢岂敢,我今儿来,一是向老兄道贺二是向老兄学习。

哦,道贺,还学习? 学习么?

学习你会装拙呗! 梁海文说罢轻轻地拍了好友一掌,说,亏老兄做得出,将真品故意说是赝品退回,把赝品当成真迹收藏!

原来如此! 庄重也不示弱,轻轻地还了好友一掌,哈哈大笑,说道,环境使然,环境使然啊! 倘若我不会装拙,要么遭官场潜规淘汰,要么遭国家法律制裁! 海文老弟啊,你喜欢我哪种结果呢?

捐款变奏曲

下午上班,科长对老刘说,就剩你没捐款了。

咋捐？老刘问。

老套路,机关以科室收缴,处级五百,科级三百,科员二百。

知道了。老刘摸膜口袋说,噢,钱包忘带了。科长,待会我想办法自己缴算了。

科长不悦,瞄一眼老刘说,记得哈,下午五点截止,别拖了科里后腿！说着科长白眼一翻上工会缴款去了。

望着科长的背影,老刘冷笑一声,等着瞧吧。

昨天,局抗震救灾动员大会后,老刘立志夺取捐款第一名。原来,老刘心里有个小九九,三十二年前唐山发生大地震,老刘是众人从瓦砾中救出来的,老刘是个知恩图报的人。另外,老刘一辈子是个小科员,下月就要退休了,然而他的名字从未上过局光荣榜的前列,可他想抓住这次机会露回脸。

科长缴完捐款回来了。他走到老刘面前又提醒着,别忘啦,老刘！

放心好了！老刘撂下这话就出门奔工会去了。

来到工会,老刘一瞧,各科室负责人排队在统一缴捐款,单缴的只有几个退休人员和他。老刘就排在最后。

终于轮到他了,老刘掏出一沓钞票对收款员小洪说,这是我的一点意思。

小洪数了数,2865 元,刚好是老刘一个月的薪金。小洪说,刘老你缴这么多,和婶子商量过吗? 局长才缴五百哩。

老刘忙答,我情况特殊啊,我是唐山人,想当年……

老刘刚回到科里。

科长进来了,对老刘说,你来一下。

老刘跟进科长室。

科长不叫老刘坐下,却瞪着眼说,老刘哇,你真牛嘞,出手就阔气,啧啧,当得几个局长嘞!

老刘明白了工会已将他的捐款数电话通知科长了。老刘舔舔嘴唇想解释。科长不给他机会,说,啥也别说,快去把多捐的钱拿回来。说完,科长自个儿忙事去了。

老刘被科长的霸气激怒了。心想,老子就要退休了我怕谁呀。他朝着科长的背影反问道,赈灾款还怕多吗?

老刘说完就气呼呼地出了科长室。

此时,正好下班时间到了,老刘如将军凯旋般回到家里。

老伴把饭菜摆上了餐桌。老刘拿出二锅头正准备自我庆祝一下,不料酒杯却被老伴没收了。老伴说,你今天还好意思喝酒哇! 你晓得吗? 你今天犯大忌了。你想过没有? 你算老几,想盖过科长局长吗? 工会主席已打电话过来了,叫你趁早把那多捐的款拿回,免得难为他们。老刘一见酒杯被没收了,恼了,赌气说,要拿你去拿。没等老伴回话,老刘脖子青筋冒了出来又是一句嘟囔:怕我盖帽儿他们不晓得多捐?

这顿饭,老刘、老伴都吃得没滋没味。

新闻联播时,儿子带着孙子来了。

儿子进屋就说,老爸啊,你想为灾区多捐点好啊! 可你为啥非要在局里捐呢? 你可以去社区捐呀! 这下倒好,你露脸了,可是科、局长们的脸没地方搁了。

他们爱咋搁就咋搁，我可没想那么多。

老爸啊，这就是你的不妥了。你想过没有？你是快退休了，可我还在局里做事呀！你这样做，让我今后咋在局里立足？

老刘一听怔了。

儿子叹口气说，幸好工会及时通知我把超缴的拿了回来，要不然娄子就捅大喽。说着儿子"叭"地将一沓钞票丢在茶几上，老爸，剩下这些钱明儿你去社区捐吧。

老刘捧起茶缸大口大口地喝水，没接。

这时，十岁的孙子摇着老刘的膀子说，爷爷，爷爷，我们学校也在献爱心哩。

老刘借机下台阶将钞票全给了孙子，说，明儿你拿去献吧。

哇，这么多。孙子兴奋地在爷爷脸上亲了一下。

第二天，张贴在局大门口宣传橱窗的光荣榜吸引了许多人。

局长以五百元的捐款而名列榜首，老刘的名字以二百元捐款排在末尾。

一整天，老刘好郁闷。

晚上，老刘没精打采地回到家里。

老伴早把菜肴、碗筷摆好了，还在餐桌上摆了二锅头。

老刘一点兴致也没有。

老伴却端起酒杯说，老头子，来，我敬你一杯。

恰在此时，门铃响起来了。

老伴打开门一瞧，是社区甘主任和市广播电台记者小文。

原来，孙子以老刘的名义把剩下的 2665 元钱全部捐给了社区赈灾办，夺得了区社本次赈灾捐款第一名。小文是来采访老刘写专题报道的。

生命属于音乐的歌手

　　周围都是阳光女孩。鹏站在她们中间,犹如一只火鸡站在鹤群里,是那样的扎眼。恰在这时,一位中年妇女蹭到鹏的面前很客气地问:大姐,您也是陪女儿来应试的吧。问话的妇女旁边站着一位甜甜的小女生。鹏见对方一脸的善意,便友好地摇了摇头说,不,我也是参赛的。那女人便好奇地"哦"了一声,之后便被她的小女生拉走了。

　　此时,轮到鹏上场了,鹏的心倒平静了许多,正如超女广告所说的,想唱就唱。鹏对着镜子稍稍整了整装,就从容地走到了前台。鹏没有多余的言语,上台便向三位评委行了鞠躬礼,然后说,我可以开始了吗?评委们点了点头。于是鹏定了定神,随后又深深地吸了一口气就唱了起来。因为是清唱,而且只有一分钟的时间,所以鹏选择了一首难度不是很大的民歌。可是,在这短暂的一分钟时间里,鹏仿佛又回到二十多年前的人生。那时她刚十九岁,百灵似的,歌不离口。本来嘛,鹏在师范学院攻的就是声乐。那时,鹏的偶像就是才旦珠玛、王玉珍等顶级民歌手。

　　鹏的清唱还是让主评老师眼睛一亮,主评老师对鹏又重新审视了一遍,便客气地问道,大姐你是干什么工作的。鹏回答说,我没工作。主评便"哦"了一声接着问,你以前学过声乐吗?学过,二十多年前在师范学院。因为后来的一次意外,被汽车撞了,成了植物人。是妈妈用音乐把我唤醒的,我不省人事之时妈妈一直陪伴在我身边,用收录机反复播放国内著名歌唱家的歌,有才旦珠玛的,还有王玉珍、郭兰英的。妈妈从小就知道我喜欢她们的歌。终于在十二年之后的一天,我伴着音乐的旋律醒过来了。再后来我就在音乐声中慢慢地恢复了一些记忆,身体也一天天康复起来,所以今天我就来了,想圆一圆我以前的梦。

鹏一口气说了很多,却把事故的原因给省略了。她是在某中学实习时,为了保护横过马路的小朋友与一辆失控的汽车相撞而失去了知觉,也失去了成名的机会。

这段话深深地震撼着也是评委的美女歌唱家莺。几分钟前,莺对这位面相有点呆滞的中年妇女也来应试"超级女声"不可思议,甚至想嘲讽几句。如今倒使她生出了几分敬重,她破例地走到钢琴旁,亲切地对鹏说:您会唱"雪山哈达"吗?鹏点了点头。于是,宽广的高原旋律从莺娴熟的纤纤玉手中叮叮咚咚地跳了出来,而鹏的歌喉也在钢琴的伴奏下展现得淋漓尽致。

一曲终了。莺首先献出了掌声。观众席也爆发出掌声。

这时,主评很老练地对鹏说,大姐您先退下,我们三位评委商议一下再给您答复好不好?鹏便很听话地退了下去。

结果很快就出来了,二比一。鹏进入前五十名。

复试的结果又出来了:鹏又进入到前二十名。

鹏却未能进入前十,这是意料之中的事。鹏也很知足,所以她尽管被阻挡在前十名之外,还是流下了幸福和感动的泪。她朝着现场评委深深地鞠了躬,然后是双眼四处搜寻着,她是在寻找评委老师莺,她不明白今天评委席上为什么没有莺老师呢?

鹏怎能知道呢?

莺老师在她进入前二十名之后,就自愿退出有丰厚报酬的评委席了,因为作为评委的她非常清楚当今粉丝们要的是什么,

更清楚电视台和赞助商们要的是什么，而这一切鹏都没有——因为她的一次长睡，一切都已错过了。

莺老师是怕伤害一位生命属于音乐的歌手啊！

还 乡

记得小时，每年三十，父亲就会念叨，他有个堂哥在台湾那边，要是健在的话，可能是大官了。

父亲的堂哥，就是义伯。

1990 年的清明节前，义伯真的回来了。义伯是以台商的身份回来的，而不是什么大官。义伯回乡让全村的人感慨万千。特别是上了年纪的老人们，总是叹息说，要是大奶奶健在的话……

其时，大奶奶不在了，五奶奶也不在了，村里好多老人都不在了。

时间太长哇，咫尺天涯。一隔就是四十多年。人生有几个四十年呢？

义伯第一次回村是民国 34 年（1945 年）的夏秋之交，正是抗战胜利在即的时候。日本鬼子在雪峰山地区被中国的部队打得落花流水，只好在芷江签订无条件投降书。义伯的上司听说义伯是雪峰山人氏，就特批了一个星期假，让他回故乡探望父母双亲。于是，义伯就骑着战马回村了。义伯还带了一个勤务兵。义伯那时是国军的营长。

那次，义伯在小村只待了五天，临行前，近房的五奶奶带着十七岁的小儿子来了，并对他说："大侄子，我把小弟弟交给你了。"

义伯说："小弟还不到年龄哩。"

五奶奶说："到了到了，已满十七吃十八岁的饭了。"

义伯还是不想收，说，战事无情，子弹不长眼睛。

五奶奶就"扑通"一声跪在地上，说按"三丁抽一"的兵役法，这伢儿迟早会被抽去当兵的，抽去了就会九死一生，倒不如现在就跟着你走的好哇，跟你走我就放心了。

义伯见状急了，说你这样会折我寿的。

五奶奶还是不依不饶。

义伯的母亲(大奶奶)见五奶奶确实家贫如洗，就在一旁帮着求情，说：义伢子，五爷去世得早，五奶奶家现是这个样子，你也晓得，她是买不起壮丁啊！你就带堂弟去"吃粮"吧！

义伯一见自己母亲求情，就不敢怠慢了。他赶紧把五奶奶扶了起来，说："好，我答应你。"

五奶奶这才站了起来，他一把将小儿子周匡科拉到义伯的面前，哽咽着说："大侄子，我就把他交给你啦。"

义伯听出了这话的分量，就当着众乡亲对五奶奶说："您老请放心，只要我周匡义不是马革裹尸还，我一定把小弟完好无损地交给你。"

这次，义伯是坐小车回来的。陪同义伯一起回来的还有他的一帮孙儿男女。义伯回村的第一件事就是去了五奶奶的家。

五奶奶已过世好多年了，迎接义伯的是五奶奶的大儿子周匡平。匡平也是一把年纪的老人了。匡平的第一句话就说："义哥你回来哒，我的小弟匡科呢？"

义伯就戚戚地叹息了一声："唉，一言难尽哪！"说着就抽出一支烟来递给匡平,说,"你妈呢? 我有话要同她老人家讲。"

匡平说:"我妈早睡到后山里头哒。"

义伯又是一阵唏嘘,唏嘘之后又说:"能不能带我去见见?"

匡平望了望天,说:"天不早哒,明日吧。"

第二天,义伯带上老家的侄辈,以及台湾来的儿孙跟着匡平一路进了后山的周家坟场。他们首先来到五奶奶的坟前,摆上供品,烧了纸香。然后,义伯就在五奶奶的坟前磕着头念叨着:"五叔母,侄儿不才,未能实现自己的誓言,没有把小弟完好无损地带回来,带回来的只是……"

说着义伯就叫人从随行包裹里取出一方酱色骨灰盒摆在五奶奶的墓前,说:"科弟,你现在可以实现你的夙愿了,从今往后你就可以天天陪伴着你的母亲了。"说着他又郑重地斟上三杯酒,洒在酱色的骨灰盒上。

看着众人在五奶奶坟旁又垒起一座新坟,义伯这才带着一帮至亲,赶到自己母亲大奶奶的墓地。

这是一座再简单不过的坟墓,坟前也没有墓碑,坟上的乱草倒是浓浓密密的了。义伯一见这坟,就"扑通"一声跪在前面,相跟的人也齐刷刷地跪了下来。义伯一声长嚎:"母亲,孩儿不孝,来迟了!"便已泣不成声。所有在场的人都在悄悄地抹泪。可就在此时,意外发生了。义伯突然身子一歪,倒在了大奶奶的墓前。义伯不知是过于劳顿,还是睹物思亲过于悲切,他突发脑溢血身亡。

义伯亲人在整理义伯遗物时,发现有义伯与他的族弟匡科刚去台湾时签的一份协议,其核心内容是,今后不管谁走在前头,只要海峡两岸实现了和平,后走者就应义不容辞地将走前者的骨灰送回故乡安葬。

义伯意外地仙逝故里，让随来的台湾亲人甚是伤心。为此，乡人都劝台湾亲人节哀，说，飞鸟恋旧林，游子怀故园。想毕这也是天意。

义伯就葬在大奶奶的旁边，义伯的亲属还根据族人的建议，以及义伯的生平在墓碑上镌刻对联一副，其云：

七十五载功过乡亲晓；四十一年是非故土眠。

杀　手

杀手走进"无极"密室，但见密室内烟雾缭绕，老大正面壁而坐，嘴里叼着香烟。杀手又职业性地迅速梭巡了一眼，室内除了老大，四周别无他人。

杀手道，老板，找我有事？

老大道，又一桩买卖。说着很熟练地反手丢给杀手一支烟。

杀手轻舒猿臂，扬手一接，烟便夹在二指之中。杀手随手掏出打火机点了，猛猛地吸了一口，问：什么买卖，大吗？

说话间，老大顺着红木椅子一旋，正好与杀手面面相对。老大昂首无语，张口却是一串烟圈，烟圈诡异，大圈套着小圈，一圈联着一圈，紧接着他那鲇鱼嘴一噏，吐出的烟雾便化成一柄长剑直穿大小烟圈中心。杀手正瞧得呆了，老大这才很自负地说，你讲它大就大，讲它小也小。

杀手听罢如坠雾里，便试探性地问道，比上次大还是小？

老大从鹰钩鼻孔里哼出一声：萝卜白菜，不好比较。

杀手一怔，想起了上次的"大买卖"，虽要了对方三条人命，自家弟兄却也是三损其二，要不是自己眼疾手快腿长，恐怕也就早没命了。

自古以来，玩枪的枪上亡，玩刀的刀上死。杀手打走上这条道就知道这个理。他更清楚，长此下去，自己迟早会死无葬身之地。当他跟着老大第一次成为杀手之后，就想悔过自新，用分得不多的佣金开一爿小商店，平安度日。可又谈何容易！每当他有这种想法时，老大就会像幽灵一样及时地安排他去做一道新"买卖"。杀手犹如陷进泥潭的双腿越想挣扎就越陷得深，越陷得深他就越想挣扎。

有一次，他们绑架了一位6岁的孩童，孩童长得乖巧可爱，一脸天真无邪的样子。孩童对杀手说，叔叔，放了我吧，我会要爸爸给你好多好多的钱，真的，我不骗你。说着孩童伸出嫩嫩的指头，要与杀手拉钩。那一刻他的灵魂一悸，铁硬的心肠突然软化了，萌生出放孩子一马的想法。可是当赎金一到账，老大喝住了他的想法。老大亲手残忍地扼死了天真的孩童，还说活口难留。那段时间，孩童临死时那双恐惧的眼神一直萦绕着他，使他睡卧不宁。也是从那天起，他感到老大这人太无信、特歹毒，有种伴君如伴虎的感觉。特别是成功地做了上次大买卖之后，他更感到有一种危险在悄悄地向他逼来。

杀手道，这话怎讲？

老大阴笑道：过一会儿你就知道了。说着老大双手一击掌。

"啪啪"两声过后，便从后厢内走出一彪形大汉，大汉手托方盘，盘中一碗，碗中盛酒，碗旁横卧一匕首。汉子直走到杀手面前放下托盘，便一言不发地退了出去。

杀手熟悉这是"接货"前的行规。因此，当大汉一转身，杀手抓起匕首朝自己的左臂上轻轻一划拉，一股鲜血便注入酒碗之中。杀手放下匕首，双手端碗齐额起誓道：头上三尺有神灵，我纪某做事绝不连累他人。如若不然，死无葬身之地！誓毕，杀手望望老大，说道：老板，你尽管吩咐。

老大鼓掌，叫一声：好，是条汉子！鼓掌毕，老大突然将脸一沉，道：上次你就不该活着回来，可是你却完好无损地回来了。你自己瞧着办！

杀手听罢，鼻子酸楚，明白老大要杀人灭口了。死期将至，杀手反而格外地镇静。杀手道，再给我一支烟。

老大顺手甩给他一支。

杀手吸着烟，也学着老大那么吞吐着，可一支烟快吸完了，却怎么也吐不出老大一圈套一圈的效果来。

老大不耐烦地道，算了吧，你学不会的！说着丢给杀手一把手枪，你自己执行吧！

杀手接过手枪，推弹上膛，对着自己的太阳穴半晌没有开枪。

老大催促着说，还犹豫什么呀！你的师兄不也是这么去的吗？

可是，老大的话还没说完，杀手突然以迅雷不及掩耳之势掉转枪口对着老大扣响了扳机，老大应声而倒。

立马，后厢内冲出一伙人来。杀手这才对着自己的太阳穴从容地喊着那 6 岁孩童的名字道，朋友，我们是拉过钩的哇，我陪你来了！接着就是一声枪响。

杀手倒在血泊之中。

谁更贱

包厢内的灯光暗淡了许多,是房地产老板有意关的。

老板说,你们好好玩吧。老板说罢拥着性感女郎开房去了。

临出门时,老板又回过头来对包厢内意味深长地说,祝你们玩得开心哦! 然后就"嘭"的一声将内外隔成了两个世界。

影碟还在播放《糊涂的爱》,厢内只剩下了一男一女。女人起身将音量调小了些,又顺手摁了一个开关,厢内的灯光便呈粉红色的了。借着暧昧的灯光,男人看清了,女人真美,美得惊人,胸背袒露,肤如凝脂。男人感到老板还真够意思,摆平一件事就捞上一套商品房,还附加如此美妙的尤物。他禁不住伸出手去想捏一下女人的肌肤,可不知为什么又突然地把手缩了回来。男人是个狠角色,他想,凡供品都会自送上门,不必亲自动手。

女人说,先生你真逗!

男人没想到女人会用这个词,不知是褒还是贬,便窘,忙掩饰地掏出香烟,弹出一支伸到女人面前,说吸一支吧。

女人不客气,接了,随手从坤包里掏出火机,"嚓"地点了,女人深深地吸了一口,然后将烟灰优雅地弹入缸内。

此时,影碟又改成了《现代爱情》,女声在唱:

要走也解释不多,现代说永远,已经很傻……

女人吹出一口烟,眯着眼说,先生,我好像见过你?

男人一惊,"哐"地,杯子掉在茶几上,还好,只洒出点水。男人掩饰道,真烫呵。

是有点烫。女人嫣然一笑说,那么,换上啤酒?

男人点点头。

趁着女人斟酒的时候,男人从镜片后仔细观察女人。女人的睫毛很长,是天生的。男人的大脑迅速地搜索了一番,对面前女人好像没有印象。像这样的美女应该是过目难忘的。难道说……

眨眼间,女人斟满了杯:先生请。

男人这才回过神来,讪笑道,不可能,你认错人了。

女人笑,无声。

是真的。男人复补道。

女人笑得更肆意,道,也许是我记错了,先生不必介意。来,喝酒! 女人将酒杯高高举起。

好,喝酒! 男人也举起酒杯,"哐"地与女人的杯碰了。

三杯酒下肚,女人的脸泛起了酡红。女人起身选放了一支缠绵的舞曲。

舞曲响起,女人起身相邀:先生,跳支舞吧。

男人一手握着女人纤手,一手带着女人的细腰。随着舞曲的延伸,男人变成了双手抱着女人的小蛮腰。舒缓的乐曲将男人带入幻觉之中,仿佛置身于明月晓风,柳港花径。男人正想入非非时,乐声戛然而止。男人又回到现实之中,不情愿地复坐进沙发。

少顷,女人说,我会看面相呵,很准的! 先生不想试试?

男人笑了,说,是吗? 随后推推眼镜。

女人也笑了,柔柔地:看相得取下眼镜,先生能配合一下吗?

好,取下就取下。

男人取下眼镜放在茶几上。女人瞧清了男人脸上的细节,尤其是鼻梁右侧的肉痣。便有了主意,她突然拿起男人眼镜戴了,赞道,好漂亮的眼镜耶。原来是平光镜,是男人的化妆品,女人更确认了自己的判断。

男人没想到女人会试眼镜,一怔,忙掩饰说,水晶的,保护眼睛好用。

女人放下眼镜,说,先生是贵相哩!

男人得意地笑了。

女人奉承几句后,说,不过,先生有个小破相,会招是非。

不会碍大事吧?

难说,这要结合手相看才准。

男人便伸出左手。

女人一手捉着男人的掌尖,一只手煞有介事地划拉,说了许多的废话。

男人被女人划拉得痒痒的,直痒到心里去了。男人忽然明白这些都是女人精心设计的过程,尤如他给人办事时的设计。他明白,最终会落入俗套,惯常的俗套。

女人更明白,男人的欲望,就是他的致命伤。

果然,男人有些把持不住了,手脚开始不老实。

女人看出了火候,便娇媚地说,先生也想开房么?

男人说,得花多少银子? 男人故意不说钞票。

女人说,这个你不用管,有人给你埋单。

男人得意了,男人又掏出香烟丢给女人一支,自己也叼了一支。

男人吐着烟圈居高临下:小姐,我可以问你一个问题吗?

女人也吐着烟圈说,随便,只要不是打听我的年龄。

男人说,什么人都可以和你开房么?

当然,只要有钞票,我都会。女人吸口烟又冷冷地补充说,不过,有一种人不会,再多的钱也不会!

男人问,什么人?

女人说,比我们还贱的人。

男人轻蔑地,说,有这样的人么?

女人说,有!我们只出卖肉体。有人却什么都敢卖,包括手中的公权。

男人问,小姐所指谁?

就是你!女人突然站立起来愤怒地说,你台上讲道德,台下玩女人!

我的青春我做主

陈川行走在回家的街道上。

陈川想起了爷爷的故事。

爷爷青春年少时,没多大抱负,爷爷最大的理想是种好祖传的三亩地,讨村里的春花做老婆,然后生一堆孩子传宗接代。可是老爷爷却不让爷爷跟春花好,老爷爷的理由是保长的傻儿子看上春花了,自己家不是人家的对手。爷爷却不以为然,说春花喜欢他,他也喜欢春花,这就足够了。老爷爷还是不许爷爷与春花来往,爷爷牛脾气便上来了,撂下一句狠话,说我的青春我做主。可是还没等爷爷做主,一天乡公所来了两个荷枪实弹兵,一索子将爷爷捆了,并说"国难当头,匹夫有责!"于是,爷爷就成了国防军。

爷爷打完日寇回乡时,春花早已成了保长的傻儿老婆。

街拐了一个弯,陈川想起了父亲的故事。

父亲青春年少时,踌躇满志,想上大学,上名牌大学,当科学家。难怪,父亲会读书,从小学到市一中成绩总是前三名,根据当时学校的升学率,父亲考个名牌大学是坛子里面抓乌龟——手到擒来的事。可是父亲读高中时遇到了"文革",爷爷要父亲去参军。爷爷说,现在大学停办了,参军好,现在部队文化人少,凭你的本事在部队干上三几年提干没问题。父亲不听,说十年寒窗都熬过来了,还在乎这两年?爷爷说,我过的桥比你走的路还多,听我的不会错!父亲犟劲来了,说,我的青春我做主,我就不信一个国家不办大学,那不全成了愚民?!可是父亲的话没讲多久,"知识青年要接受贫下中农再教育"的最高指示下达了,于是父亲成了回乡青年。

第二年,父亲只好去部队当了兵。所幸,后来父亲转业到一家国有企业,父亲一生的遗憾是,临退休也没有踏进大学门。

街又拐了一个弯,陈川想起了自己的故事。

四年前,陈川本科毕业。在父亲的活动下,陈川招聘到了父亲所在的大型国企。报到后,陈川发现工种不对口,陈川就找企业领导更改工种。领导说,你先干一段时间再说。于是陈川留了下来。一年后,陈川又找领导说换工种的事。这次领导不耐烦了,说,年轻人要知足,有份工作就不错了,咱中国缺岗就是不缺人。陈川的心便凉了,遂辞职考了研。陈川父亲知道后,严厉地批评儿子做事欠思考,并要他收回辞职报告。陈川回答说,我的青春我做主,老爸你甭管。

读研期间,陈川很用功,毕业时各科成绩全是优,因此在1:315的公务员考试中脱颖而出,得到了复试的机会,心想,自己做主做对了,可是最终还是让他没想到。

再拐一个弯,陈川便进了家门,父亲正在客厅等他。

父亲问,公务员录取了吗?

陈川叹口气,说被人挤掉了。

那几家外企呢?

现在全球闹金融风暴,都在裁员减薪,也都没聘成,唉!

父亲不再吭声,只是猛吸烟。

陈川想了想无奈地说,老爸,我终于明白了,人呀,其实是很难自己做自己主的。

明白了就好,明白了就好。父亲吐出一圈烟说,老总讲了,只要你愿意干原工作,单位还要你。

我是 80 后我怕谁

一

我决定与女人分手。

突然吗?说突然也突然,说不突然也不突然,如同三年前我和女人的结合。

三年前,当我对父亲说我要和女人结婚时,父亲问,哪个女人?

我说就是上次来过我家的那个女人。

父亲说，你疯啦，那不是你的老板吗？

我说，对，正因为她是我的老板，我才想和她结婚。

父亲说，你疯啦，她是离过婚的女人。

我说，我不在乎。

父亲说，你不在乎我在乎。

我说，轮不着你在乎又不是你结婚。

父亲没辙又说，你疯啦，那女人比你大二十岁呀，足可做你的姨，甚至可当你的妈！

我说年龄不是问题。

父亲生气地说，你疯啦，年龄不是问题，什么才是问题？

我说，钞票，钞票才是问题，而且是个大问题！要是你能给我五十万，不，三十万就够了，我保证不和那个女人结婚！

这话立马将父亲呛住了，父亲没钱，父亲是个下岗工人。父亲瞄瞄我却找不出杀伤力的词汇，只好抱着头粗重地呼吸。

我乘胜追击，问父亲，怎么样？

父亲突然跳将起来，顺手给了我一个耳光。父亲说，明白吗？就这样！

我摸着生痛的脸横眉冷对。

父亲指着我的鼻子说，你这人无用无德还无耻！父亲说着说着嘴就哆嗦了。

我的嘴却硬了起来，挑衅地大喊，由你怎么讲！我是80后我怕谁！

好，我的80后小祖宗，你有狠？父亲说完就再也没理我。

女人终于找上门来了。

这是意料之中的事,我早有心理准备。我是 80 后吗?改革开放后生的,智商不会差。

女人踏进门就说,年轻人,你都快将我忘啦。

我起身、让座。她当仁不让地将那浑圆的肥臀塞进我的座椅里。

我瞟瞟女人,女人又老了一些。堆砌的脂粉也难于遮盖她额上的皱纹。难怪我害怕与她在一起了。我以为她兴师问罪来了,忙给她泡上一杯茶掩饰说,怎么会呢?没见我正忙着吗?

是呵,正在忙分手的事吗?女人笑嘻嘻地说。原以为快到更年期的女人脾气会变坏,讲话会冲,没想到女人不是。

我一怔,感觉第一个回合自己败了。可是谎既然撒开了,不妨再撒下去,便说,想到哪儿去了,你恁般信任我,盘下这个店子,交给我管,我总不能丢你的脸是不?我不敢看她的眼睛,我怕心里的秘密被她看穿。

女人又笑了,呵呵,如果我没说错的话,你上的是北影表演系的函授班,还不专业啊!娜娜就比你强多了。

娜娜是我的新女友。

既然女人什么都知道了,我还能说什么呢?沉默是金。

这么说,是我冤枉你喽?女人突然提高了嗓音说,望着我的眼睛,我的 80 后,你的霸气哪里去了?也会害怕么?

女人的话一下子激怒了我。我想起了我是 80 后我怕谁?今天豁出去了,我说,琦姐,实话对你说吧,我不爱你了!

原以为女人会大怒,没想到女人却哈哈大笑,笑声震得玻璃窗都在抖。

女人笑过之后就逼视我,严肃地问,80后,你又什么时候爱过我呢?不错,从前你对我说过许多的爱字!你以为我会相信吗?

我也盯着她正色地说,不相信我,为什么还结婚?

需要哈,你也需要我也需要,不是吗?女人说着从坤包内掏出一张支票丢在桌上。女人说,三年三十万,够意思了吧?

没等我回答,女人就朝门外喊:付秘书,进来接管屈秘书的钥匙!

话音落处,进来一位阳光小青年。

我有些忌妒地问,请问小兄弟,你叫什么名字啊?

付玖龄!

啊,原来是90后!我支票没拿就落荒而逃了。

就　业

一个黑幕笼罩的晚上,向明柱疲惫地从城市回到小山村的家。

父亲说,没有什么,只要人健在就好,总有一天会找到事做的。

真让父亲说中了,第二天,向明柱的中学同学强仔找来了。强仔现在是乡供电所的一名农电工。顾名思义,农电工就是负责农村电力线路的维护,以及用户的故障抢修、收费等业务。农电工不属国家电网公司的正式职工,待遇低,有的地方还没有办全

"三险"哩。强仔说："要不先去供电所应聘农电员再说，人总得有个饭碗是啵？供电所正在补充人员，凭你的素质，准行！"

向明柱却想：自己好歹也算个大专生，早知是回乡当电工，还真不该去读职业技术学院，浪费三年时光不算，还费了父母近三万元的血汗钱。强仔见向明柱犹豫，又说："农电员工资是不高，才八百千把块钱一月，不过在这乡下，这些钱也可应付了，菜蔬自己种，农忙时还可以给家里帮帮工。"

向明柱听了还是没有表态。强仔急了，说，明柱呀，告诉你从今年起，农电工也将全部纳入"三险"保障范围，你是赶上了好政策哩。强仔的热情，让向明柱想起了在城市找工作时遭遇的冷脸，他终于点点头说：好吧，我去试试。

向明柱的专业对口，一试还真成了，规定实习期是一年，只要不出问题，一年后他就可成为在编的农电工。向明柱第一天上班的时候，所长拉着他的手说："你是我们所里的第一个正式大专生，我代表全所员工欢迎你。"这话让向明柱心里热乎而又酸楚，有什么办法呢？就业这么紧张。

农电工说累也累，说忙还真忙。就在这忙碌之中向明柱爱上了农电工作。他与同事们相处得来，为用户服务也是尽心尽责。凡认识他的人都夸他是个"好伢子"哩！

时间飞快，眼看试用期满了，没想到却发生了这样的事，一切又都改变了。

那天，青山乡规模最大的一座名曰"好再来"农家乐休闲中心开业了。开业的时候，业主发放了许多请柬，乡里的头面人物都请到了，却没有乡供电所的。全所的人都感到很没面子，正副所长尤甚。那天适逢周末，在所里值班的电工就对所长侯军国说："好再来"老板太狗眼看人低了，为了给他们上专变、架专线，弟兄们都是费了力流了汗的。可是,嘿嘿这家伙,你看可恼不可恼? 所长本来心里就很难受,再加上晚上喝了二两酒,又经人这么一挑动,一个酒嗝直冲脑门昏了头,便问会计"好再来"的工程款全到位了没有? 会计回答说还差一点。所长闻言就叫上向明柱与另一位工人,三人带上操作杆就"呼呼"地开着事故抢修车直奔"好再来"而去。

到了现场,所长说:"向明柱,你快转正了,转正表也上报了,现在多做点有好处,你就用绝缘棒把跌落保险给我钩下来。"向明柱就照着所长的指令做了。立马,好再来休闲中心一片漆黑。

黑了灯光的"好再来"立马乱成了一团。骂娘声从抓了好牌的麻将桌边传了出来。惊叫声也从 KTV 包厢内传了出来,一定是谁趁机摸了小姐们的敏感部位,而中心老板更是忙得不可开交,质问的电话打爆了两部手机。

"好再来"老板原以为整个线路停了电。可是当他往外一瞧时,立马感到不对了,别的地方都是一片辉煌,只他这里黑灯瞎火。他这才记起今天开业大典时没有请供电所,心里便骂自己真是忙昏了头,出了这么一着漏勺棋! 才开张就碰到停电的事,让人传了出去,将来还做狗屁生意! 于是他便拨打了供电所所长的电话,可是电话关机,"好再来"老板更明白了,停电之事八成是故意的! 于是他不敢怠慢,就亲驾小车往供电所飞奔而去。

"好再来"老板赶到供电所时,一瞧全所只有向明柱与另一位张姓工人在场。老板就请他们去处理,还给每人撂了一包好烟,可是都被婉拒了。向明柱和缓地说:"你去找所长吧,停电和送电都得由他开工作票哩。"老板就问向明柱:"所长到哪去了?"向明柱就按着所长的吩咐说,下班后所长喝了点酒就回家睡觉去了。老板无奈只好驾车去所长家里找人。

这样一折腾,两个小时就过去了。

等到再送上电时,休假的客人已走了一大半。看到这种情形,老板沮丧得一屁股坐在沙发上,唉声叹气。这一幕,却被一位从市里赶来休周末的客人瞧见了。这位客人刚才也不解为什么只这一家停电,就蹭了过来问老板是怎么回事?老板回答说"电霸呗"!就不想再多言。客人见掏不出什么东西,就亮出自己的身份说:我是某某报的记者。说着还真的从皮夹内掏出《记者证》来给老板看。老板一见记者的大名,就忙说久仰久仰,屋里请。原来此人是市内专写负面报道的晚报记者。

老板把晚报记者请到内室,泡上好茶,就原原本本将今天的事全端了出来,当然也难免带一些愤懑的情绪。记者听罢就连夜赶了一篇文稿,主标题取名为《电霸还在行霸》,下面的副标题是,《好再来》休闲中心开张没请供电所被黑两小时电!文稿完成之后,记者又将文稿拿给老板看了一遍,然后又让老板签上名。老板开始不签,问能不能扳倒所长?记者答,现在电力部门正在整顿行风,只要文稿见了报,一个小小所长算狗屁!老板听记者这么说,就签了,并送给记者一条好烟。

第二天,文章就见报了。

又三天之后,后续报道也出来了:6.12 事件当事人向明柱被开除……

向明柱又一次无声无息地回到小山村的家。

父亲对着沮丧的儿子说,没有什么,只要人健在就好,总有一天会找到事做的。

不知为什么,向明柱突然鼻子酸酸的,眼眶盈满了泪。

做生日

突然接到千里之外的堂姐电话，堂姐在电话中支支吾吾地传达了她母亲要"做生日"的意思。我感到纳闷，伯母从来不做生日，更何况今年是伯母的小年，不逢五更不满十。为什么陡然要做生日了呢？

伯母没读过书，很迷信，她常常怪自己命不好，没生下儿子，只养了五个闺女。伯父去世得早，伯母做爹做妈地把五个女儿养大嫁人，还真不容易。

记得伯母六十岁时，她的五个女儿撺掇她做生日，齐说六十为一个花甲，应该好好纪念纪念。大堂姐还开导地说，娘，在我们乡下，人到六十是大寿，到了这天，没有不做酒的。富人家除了请亲戚朋友之外，还会请乡邻族人大肆庆祝一番哩。你没见代宽家的娘老子六十生日时，还请了辰河剧团唱了三出大戏哩！当然咱家比不上人家，就搞个小庆，邀请一些至亲热闹一下也算是尽了女儿的一点孝心。大姐的话还没说完，就遭到伯母的一口否决。伯母连说，不做不做，你们的孝心我领了。

那年，我原是做了准备的，把送的寿礼也想好了，六十寿辰嘛不一般。可是，当我听到伯母坚决不做寿的消息之后，很意外，不知伯母是什么意思。

伯母七十岁时，苦尽甘来，她的五个女儿的夫家都不错，大女婿是镇干部，二女婿是村支书，三女和女婿都是乡小、中学教师,四女婿是小包工头,只小女婿稍差些,但在农村也是余钱剩米的人家。那年伯母生日时，她的女儿女婿又一齐撺掇她做生日。可是又被她拒绝了。

伯母八十岁时,她的女儿女婿就瞒着她积极准备着,想在老人生日的时候给她一个惊喜。大姐还提前打电话通知了我,说她母亲八十岁了,一辈子没有做过生日。她这个老大一想起这事心里就堵得慌,因此她们五姐妹商量了一下,决定在母亲生日那天做一次酒,以示庆贺。大姐还在电话中委婉地对我说,她母亲在几个侄辈中最喜欢的就是我了,希望我能回故乡去助助兴。

堂姐讲的是实话。伯母确实最痛我了，记得我还是中学生时,已出嫁的大姐二姐带着姐夫回来省亲时,伯母总要想法弄一两个长眼睛的菜招待,而他们在消受"佳肴"的时候伯母总会喊我去作陪。要知道在那个时代，农村人家想填饱肚皮都不容易啊！想到此我就满口应承了。

我放下电话,心想,伯母真不容易啊,八十高龄,在我家乡也算是为数不多的长寿之人了,我理所当然地应该去祝贺祝贺。

没想到的是,在伯母生日的前夕,我正准备动身的时候,大姐又打来电话,说伯母的八十大寿不做了。我问为什么? 大姐说,是她母亲坚决不让做。

如今,伯母她老人家想做生日了,我们晚辈当然无话可说。毕竟她一辈子没做过生日呀,管他是不是整数寿辰? 于是我就择日起程了。

伯母身体一直很硬朗,这些年她住在大姐家,还能帮助干家务。

当我先天赶到大姐家时,才知两月前,伯母在帮助大姐干家务时摔了一跤,造成腿骨骨折,已经起不了床了。伯母一见我就说,二伢(小名),你来啦。伯母老喽,没想到绊一跤就瘫成这个样子了,成了累赘了,害得你的姐姐妹妹要轮流来侍候我。哎,阎王爷咋就将我忘了呢?不快点收我走哇!

伯母的话让我鼻子一酸,我明白了她为什么要在八十七岁时做生日了。我拉着伯母的手说,伯母,您好好养伤吧,哪里有什么阎王爷啊?

伯母不相信地望着我,然后喃喃地列举了一大把死人名单,说,乡里的某老倌子做了六十寿酒后半年不到就死了,某老婆婆在做了七十寿辰之后不久绊一了跤就去了……

我无话可答,我想起了故乡人的迷信说法,说阎王爷容易忘记不做寿的人。

此时大姐进来了,我忙将大姐拉到一边悄悄地说,姐,你可要多留点意啊。

大姐泪水一下子掉了下来,说,娘的心思做女儿的能不明白吗?以前她不愿做生日是怕破费我们的钱财,如今她躁起要做生日,是怕拖累我们好让阎王爷早点知道带她走啊?!

夜 话

月挂树梢,蛙鸣溪涧。

村前的老白果树下,有两人在拉呱,烟火在他们手中忽明忽暗地燃烧着。

月色朦胧,照着他们的脸,年龄稍长的是文源伯,稍轻的是文泉叔。

文泉说:"停电了,还真不习惯。"

文源说:"是呵是呵,没电的夜晚还真有点那个。"

文泉的烟亮了:"早先倒过得,早先咯一坨儿都没电。"

文源的烟火闪了闪:"是呵,早先大家都点煤油灯。"

"哦,早先咯里是好大的一块坪。你还记得不?"

"怎不记得呢? 队里的晒谷坪。"

说着说着,两人都沉默了。

蛙声欢了。

可是,没等多久,借着月色,文源用手往前方一指说:"就在那坨儿,也是咯样的夜晚,你还记得吗? 一张桌子,一盏马灯,大伙围着你记工分。你就吼,热死啦热死啦。你屋里的一边嗔:就你个儿不同些,热热热,只晓得热。一边却在给你打扇。那时你牛耶!"

文泉不同意了,说:"那时你才牛哩,仗着自个儿是队长,开会尽训人,一会儿讲'泥鳅'干活尽取巧,一会儿又讲'红薯'出工不出力,也不晓得把话讲圆泛些? 让别个听起舒服些?"

"哈哈哈,莫摆了,莫摆了。"文源打断文泉的话说,"那时我们都年轻,你二十多点,刚结婚,我也没过三十岁,是啵?"

"嘿嘿嘿,没错,没错! 那时我们都年轻,浑身尽是劲。我们还在那扳过手腕子,你还记得吗?"

"记得,记得,哪个冒记得喽? 就在一条长板凳上扳的,你年轻劲火子最足,有晚掰手腕,赌烟,你赢了一圈人,赚了十多根烟,是一毛钱一盒的经济烟。"

哈哈哈……

哈哈哈……

又是一阵琅琅的笑声，笑声划过夜空，震落了一颗流星，流星在夜空中画出一道亮亮的弧。笑声也震得蛙们噤了口。

他们笑过之后，又是一阵沉默，唯有他们手中的烟，还在忽明忽暗地燃烧着。

蛙儿得势了，又一阵高过一阵地争吵起来。

文源摸摸口袋，摸出一包精装烟来，打开盒盖，抠出一支过滤嘴儿送给文泉，说："尝尝这个，侄子回来时孝敬的，贼日的小两口在广东打工，一月弄两千，田都交给我这头老牛种，孙子就交给我屋里的带，他们真自在！"

"难怪好久没瞧见蜡梅了，也出去啦？"

"出去喽，出去喽。"

文泉吸口烟又若有所思地说："听说，柳树村有个女子在城里找不到事做，就做那个路，还来钱快。"

文源听出了警告，忙说："蜡梅是冬生喊去的，冬生团了几个人，合伙搞房屋装修，没人煮饭。"

"和冬生伢在一起，那就让人放心了。嘿嘿，咯年月……"文泉的烟火又亮了。

"赚那样的钱，脏，再多，不稀罕。"文源猛吸一口烟继续说，"听到过么？桐湾村粟老倌女儿专科毕业，没找到工作，被人包了，给家里十万砌了一栋新房。粟老倌原以为女儿中了彩，喜饱了。没想到，后来还是晓得了，就气疯了，一把火将房子烧了。"

"咯个事啊，我也听讲过，粟老倌有骨气。那样的钱，再多，咱泥巴脑壳也不眼红，真的不眼红！"文泉说着举起那支过滤嘴，对着月光照了又照，问文源，"咯烟怕要好几块钱一包吧？"

"差不多吧，到底多少不晓得，以前没抽过。"

"是呵是呵，带过滤嘴儿的。唉，如今的年轻人哪！不会划算。"

"唉,不会划算！哪像我们年轻时,有个钱,舍不得用,交屋里的收起来,过年用。"

两人复又沉默了。

天边,飘来一朵云,遮住了月儿半边脸,蛙声更欢了。

稍倾。

文泉摸口袋,也摸出一包过滤嘴,也抠出一支送给文源,说:"尝尝这个,春生侄子孝敬的,他们跑到浙江打工,小两口一月赚两千多点儿。田也是交给我这头老牛,只是还没生伢儿,有伢儿的话,肯定又是交给我屋里的。"

"会的,会的,现在的年轻人啊,比我们晓得想些。"文源说到这儿,突然像想起什么似的,问:"小两口是不是在一起啊？"

"一起一起,在同家皮鞋厂。"末了文泉又补充说,"我家儿媳妇可是个老实人。"

"一起好,一起好哇。"文源吸口烟又说,"老弟啊,你误会了,谁不晓得你儿媳本分？我是想,春生侄儿长得孔武英俊,怕只怕……哎,你听说啵,樟树村有个伢儿,在外打工时逛窑子,被公安局逮住了,没得钱罚,打电话要他父母亲拿钱去赎人。你说,气人啵？"

"咯事,早就听讲了。"文泉吐出一口烟说,"最近,我还听到一件怪事,想听啵？"

"么个怪事？讲出来,听听瑟。"文源竖起了耳朵。

文泉敲敲烟灰,说:"回水湾有个俊后生,在 S 市休闲中心公关,专门睡城里的富婆,还进大钱。你讲有味啵？"

"有这种好事？你是扯乱弹吧？"文源一惊。

"哎,当今社会,只有我们想不到的,没有人家做不到的！"

"也是,也是。唉,我们都一把年纪了,就是自家儿女做咯号事,也管不了喽。"

"是啊,是啊,我们管不了喽。"

"老啰,老啰。"

"老啰,老啰。"

这时,村里的窗口突然都亮了起来。两人马上打住了话题。

文源说:"来电了,得回去了。"

文泉说:"是呵,得回去了。"

于是,两人起身往家走去。

老白果树下,空荡荡的,静极了。

蛙声,更热闹了。

农家腊肉

时令已过芒种,火塘里早已停火了,可是上面还吊着一块腊肉。

这些天,儿子老仰望着那块腊肉发呆、馋口水。

娘瞧见了儿子傻模样,心儿有点惨,几次伸手想取下那块腊肉,可手出半截便停住了,柔柔地说:"帆帆是乖孩子,乖孩子要听话,腊肉是留给爸爸回家一起吃的。今儿晚饭妈妈给帆帆炒鸡蛋吃,好吗?"

儿子望望腊肉又望望娘,低了头轻轻地,有些失望却回答说,好。

又隔些日子,儿子又望着火塘上的腊肉发呆,馋口水。

娘瞧在眼里,心很痛很痛,嘴里却说:"帆帆乖,要不了多久爸爸就会回来了,到时我们一家子就围在一起吃腊肉,让帆帆吃个够。今儿娘给你炒青椒香干,青椒香干送饭。"

儿子失望地低下了头,却没有说好。

一天,村口来了位连腮胡汉子,被站在村口打野望的儿子瞧见了。

儿子便迎上前去拉着汉子的手往家走。走到家门口,他就朝着屋里喊:"妈妈,快来看哟。"

娘正在屋里忙猪食,没来得及回答。

儿子又喊:"妈妈哎,快来看哟,我有腊肉吃喽,有腊肉吃喽!"儿子已记不清爹的模样了,只记得娘说过,爹是个大胡子。

娘闻讯以为男人回来了,心中窃喜,嘴里却喃喃地埋怨着,鬼寻起了,回家都不先提前报个信儿。说着便停了手中的活,急急地奔出门外,抬眼一望便窘极了,扬手就要打儿子,却被那汉子制止了。

汉子说,你别打孩子,我是来收购肥猪的,原以为你家有肥猪出栏。要是没有的话,那就算了,我上别家转转去。说着那汉子转身走了。

汉子走后,娘抚着儿子的头泪如雨下,心想:唉,他爹走时孩子才两岁,现在都四岁了。唉,年前他爹说好春节回来的,结果还是没回,都两个春节没回了,也不知是不是被哪个小妖精绊住了。

当晚,娘再做饭菜时,便搬来一张小凳,站了上去。她取下那块腊肉,切下一节,然后用温水将切下的腊肉洗净了,再切成小块。随后,她又从菜园里摘了几颗青椒洗净切碎,和着腊肉一起爆炒,又放了些许姜和蒜子,便香气四溢了。

可就在此时,门口突然响起了熟悉的声音,好香的菜啊!

娘奔出门,嗔道:"屙痢的,还以为你死在外头了,两个春节都没回。"说着,一双眼睛却早已红了。

"刚去那年没赚到钱,没好意思回,去年临过年了,包工头跑了。要不是后来政府出面,给结了工钱,今儿我还是回不来!"

吃饭时,娘挑出一块最大的瘦肉放进了儿子的碗里。儿子呷了一口便吐了,说妈妈,腊肉不好吃。

娘不信,攘起儿子碗里的瘦肉尝了尝,可不,因为腊肉放久了,有一股子变味的哈喇气。

农民穆老阔

穆老阔一支烟还没烧完,前脚就跨进了村委会的门槛:"找我有事?"

"坐吧。"村主任朝他努努嘴。

穆老阔睃了一眼,房子周围坐着村民小组长。

穆老阔就挨着本小组长坐了。

村主任睃睃穆老阔,递上一支烟:"和你商量一件事情。"

穆老阔受宠若惊,木愣愣地,半晌才醒过来说:"啥事?"

村主任说:"乡政府要搞千亩西瓜种植田,选中了我们村,你那丘田在范围之内。"

穆老阔一惊,说:"三天前,已种上早玉米了。"穆老阔其实脑壳不"木",侍弄了半辈子的田土,也摸出了一点道道,凡先年好卖的农作物,他一概不种。去年西瓜好售,今年乡里就搞千亩种植,这不是拿田地开玩笑吗？我穆老阔再蠢也不至于蠢到这步！

"凡种了别的,一律毁掉种西瓜。"村主任猛吸一口烟盯着穆老阔说,"这是乡政府的指令,通与不通,村里都得照办！"

"如今,种啥不是由农民自己定吗？"穆老阔嘟噜着。

村主任被激怒了,显出了往日的霸气,说:"你穆老阔真是木脑壳,你以为田土包给你就是你的了,告诉你所有权还在村里。乡政府搞千亩西瓜是为我们好,是帮我们致富哩！我们就要好好执行！好了,不多说了,明天你自己把玉米拔掉补上西瓜。"

"我不拔！要拔你带个头,先拔。"穆老阔想到他家责任田正和村主任的田埂搭田埂,村主任家种的是辣椒。

村主任冷笑道:"你是说我家那丘田吧,告诉你村委会研究过了,清明前栽种的就不动了。我家是清明前栽的,而你穆老阔是清明后种的。你抵我个卵。"村主任气得端上了粗话。

"你不拔我也不拔！看你把我卵咬了？"穆老阔犟劲也上来了。

村主任没想到老实巴交的穆老阔居然敢顶撞他,脸一下子黑得像牛肝,说:"你不拔自然有人去拔,不过别人拔和自己拔不一样。自己拔每亩村里补偿5元的秧苗损失费,拔完就可去会计那儿兑现。别人拔嘛,"村主任故意停顿一下加重了语气,"秧苗损失费一分没有,还要罚十个义务工！"

"罚个卵工,老子上广东打工去。"

"水缸里跑瓢？不出工也做得,一个义务工折算二十五元,十个就是二百五,年底兑现,不缴家里有猪赶猪,没猪就拆屋！"

"你敢！"穆老阔说完就气冲冲地出了村委会。

全民微阅读系列

穆老阔一走,村主任就将脸转向治保委员和村民组长,吩咐道:"明早喊几个人把穆老阔地里的玉米苗拔了。"

穆老阔到底是个本分人,因与村主任斗嘴而一夜未曾睡好,天快亮时才迷迷糊糊地睡去,一觉醒来,已日上三竿,便草草地用过早餐就扛张锄往田头走去。

他哪里想到,一夜之间,田里的玉米秧苗全被拔掉了。望着丢弃在旁的玉米苗,穆老阔一屁股跌坐在田埂上,欲哭无泪。他想上乡里去告村主任,可转念一想"千亩西瓜田"是乡政府的决定,腿肚子也就软了。他跪在田里掬一捧黑黝黝的泥土泪水巴沙地说:田呀田呀,农人的命,今天我穆老阔不要命了。

当天夜里,穆老阔就去了 H 城。

穆老阔有个表弟在 H 城当小包工头,几次相邀都没成。没想到这回没请自来,表弟大喜,说:"哥你来得正好,最近我接了宗大业务,城中引资建一商贸大厦,圈了一大片地,我们的任务就是拆旧房子。"

穆老阔更是喜出望外,没想到这么顺就找到了表弟和事做,管吃还每月有四百元工钱,比起种田来强多了。

可是,穆老阔还没干几天就不想干了。原因是,每拆一户,穆老阔就要听到愤怒的咒骂声。一打听,原来是撤迁补偿普遍开低了,住户派代表交涉无效。有一次,穆老阔还看见一位中年妇女横在家门口做拼命状,后来被大盖帽架走了,房子还是被强行拆除了。于是,他就没来由地想到了自己的责任田,想到那个颐指气使的村主任,想到……哎呀,我这不是在扯城里人的玉米苗吗? 丧良心哩,算了算了,叫我做这样的事,倒不如回去。

穆老阔就很不好意思地对表弟说,哥从没出过远门,恋家。表弟就笑了笑说,嫂子也一定很念你。穆老阔就告别了表弟,告

生命属于音乐的歌手

别了城市,踏上了回乡之路。

下了车,还早,穆老阔决定先到田头瞧瞧,看自己的田荒成什么样子了。等他走近自家责任田时,不由得大吃一惊,田里玉米苗正绿绿地向着他笑哩!

正在此时,村主任也转到自家田头。村主任老远打招呼:老穆,回来啦?

穆老阔装着没听见,将脸拧向一边。

村主任走近了说,还生我的气啊?

穆老阔说,小民哪敢生村主任大人的气。

"你看你看,还说没生气。"村主任随手丢给穆老阔一支烟说:"我们这一级好比牛胯里的蠓子——随卵吊(调)!上级要怎么搞就要怎么搞。你可要谅解呵!那天你刚走,乡政府又通知不搞千亩西瓜田了。我就叫人把你家的玉米又补栽上了,你瞧瞧,长势还可以吧。"

穆老阔被村主任的比喻整笑了,便和解地说:"村主任,你家辣椒都快开花了!"

毛屠夫

小镇虽小,每天也能消耗十来头猪,而猪肉卖得最快的当属毛屠夫。

毛屠夫不姓毛,毛屠夫刚杀猪时,猪毛老褪不净,所以乡亲送他一个俗号——"毛屠夫"。谁知这一叫就叫出了名,他的真名倒被人遗忘了。

褪猪毛是技术活，技精，不费力，就将猪毛褪得干干净净，猪皮整得磁磁白白；技孬，毛褪不净，只好用刀刮，刀刮能刮去表皮的毛，却刮不去皮下的根，这样的带皮猪肉吃起来扎口，扫嘴的兴。

褪猪毛，关键是掌好水温，水嫩了不行，老了也不行。里手的屠夫会看天气的冷暖、猪的肥瘦和猪皮的厚薄来选择水的温度。猪肥的、皮厚的，水要烧老些，反之，水就要嫩些。判断猪皮厚薄，屠夫有办法，屠夫杀死猪后，都会在猪的后蹄上开一道口，插进铁捅条，往另三只猪脚和两只猪耳旁捅一捅，捅透后，屠夫就晓得猪皮的厚薄了。褪毛时，屠夫鼓着腮帮子对着开口处猛吹。立马，猪身体就膨胀起来，褪起毛来轻松自如。

可是，毛屠夫褪猪毛没章法。

难怪，毛屠夫杀猪没拜过师。毛屠夫没当屠夫前，只当过两次屠夫助手，给屠夫提过两次猪尾巴，是剽学的。

有一年，生产队专供上级参观的样板猪突然发猪瘟停了槽，见天瘦，不杀不行了。那猪，喂了三年，足有四百斤重。如此大的猪，除了毛屠夫，无人能提得起，于是毛屠夫就成了杀猪匠的助手。那天，毛屠夫搭帮真屠夫，肚皮撑得拍圆。醉醺醺的他，感觉当屠夫真好，可以大块吃肉、大碗喝酒，还不用掏腰包。

那时，杀猪要有屠宰证，要缴税、还要上交猪小肠给食品站做香肠。

毛屠夫自从那次尝了甜头之后，做梦都想当屠夫。那时，当屠夫要有执照，领执照要有关系。杀猪执照由公社食品站发，也该毛屠夫走运，当时的食品站长正好是他七拐八弯的亲戚，毛屠夫用一条烟和两瓶酒就将执照搞定了。

毛屠夫有权杀猪了,可是一年也弄不到几头猪杀。

那时生猪属统购统销的畜产品,管得特严。生产队只有完成生猪上交任务后,才有机会杀猪分肉给社员。

俗话说,手艺是做出来的,熟才能生巧。毛屠夫猪杀得少,猪毛褪不净可以理解。

后来,生产队解散,农户自由了,粮食增产,生猪迅猛增长。毛屠夫杀猪多了,手艺突飞猛进。后来,毛屠夫整出来的猪,想找出一根毛都很难。白净净的猪肉,往集市一摆,立马吸来一片眼球。

市场经济后,有的屠夫为了追求高利润,往肉里注水。有的更是丧尽天良,杀牛时,在牛脚动脉旁割一道口子,一边放血,一边往伤口里面灌水,痛得牛吼吼地叫,让旁观者毛骨悚然。

毛屠夫始终坚守职业道德,从来不做缺德事。他不卖注水肉,不少秤,童叟无欺,因此,也赢得了顾客的青睐。

"哎,毛屠夫,砍两斤五花肉。"

"哎,毛屠夫,来三十块钱牛肉。"

在一片叫喊声中,毛屠夫早早地收了摊,然后点上一根烟,美滋滋地躲在一边点钞票。小镇肉市上,"毛屠夫"三字成了信得过的商标。

毛屠夫有个外甥徒弟叫时运来。时屠夫也在小镇肉市卖肉,只是他和毛屠夫不一样。时屠夫脑子灵,见师傅的信誉好,常常打着"毛屠夫徒弟"的牌子,干一些无德的勾当。

毛屠夫知道后,多次警告时屠夫不要乱打他的牌子卖肉,若打就要改掉坏毛病,诚信为本。时屠夫对师傅的教诲嘴上应承着,可就是劣迹不改。对此,毛屠夫很无奈,毕竟时屠夫是自己的外甥和徒弟嘛。

一天，毛屠夫在肉市正埋头将一片鲜猪肉往铁钩上挂，冷不防一块肉丢进了他的秤盘里："瞧你教出的好徒弟，短秤，还注水。"

毛屠夫抬起头来，见是一位太婆，便掂起那砣肉说："太婆你谁那儿买的就找谁去，找我干吗？"

太婆答："我找他他不认账，还舞枪夹棍地骂我老混账。你是他的师傅，又是他的大爷，我不找你找谁？俗话说，徒不良，师之过。"

"徒不良，师之过。"毛屠夫念着念着，心头一惊。

第二天，人们发现，毛屠夫的摊位旁不见毛屠夫，却有一块牌，上写着：毛屠夫已故，毛屠夫一生没带徒弟。

从此，小镇的肉市场上不见了毛屠夫。

篾　匠

儿子也是篾匠。

一天，儿子丢掉篾匠行头要出外打工。

篾匠对儿子说，你真要走？

儿子没有吭声，却依然在收拾行李。

篾匠瞧着儿子义无反顾的样子，知道讲也是白讲。可是，篾匠不想就这样断了祖传的手艺。

篾匠手艺传到篾匠这一代是第几代了，篾匠记不清了，篾匠只知道他家的篾活名气很大。篾匠还知道先祖里有一个名叫水篾的篾匠，手艺了得！

相传有一年，篾匠先祖水篾在"抠老板"家做事，快完工时，抠老板对水篾道，水篾呵，听说你打出的篾箩能挑水，是吗？水篾答，那是别人瞎吹的。抠老板又说，嗨，无风不起浪嘛，水篾，你也给我打一担好吗？真不漏水的话，我工钱照付之外，还由你满箩筐白挑一担谷子回家。水篾说，要是漏水呢？老板放下水烟袋后吐出一串烟雾道，那就不好意思喽，这个月的工钱就没了，你敢不敢赌啊？水篾反问老板，是真的吗？老板道，当然是蒸（真）的不是煮的哈！水篾一听，啪的一声将手中楠竹破了，道，卵他不，就当一个月的工夫白做了！老板见水篾应承了，暗自高兴，又补充道，不过，只有两天期限你还敢不？水篾道，两天就两天。可是没满两天，水篾将一担崭新的箩筐撂在老板的面前道，拿去试水吧。

篾匠想起水篾先祖，就想做最后的努力：崽哇，爹给你讲个故事吧。

儿子知道篾匠要讲什么。儿子初中毕业就跟篾匠学篾活，学徒的第一天，儿子就听了水篾的故事。那时儿子喜欢听这故事，听多少遍也不厌。那时乡下，手艺人不赖，吃喝算老板，一天还能赚十几块。父子俩每年有几个月特忙，有时请的人多，还要排队。农家日子虽不宽裕，却不会亏待手艺人。一日三餐，餐桌上总会摆上一、两样荤菜，晚餐还会有米酒招待。那些日子父子俩都过得滋润、惬意。那时，篾匠还会时不时地唱上三两句"辰河高腔"。

儿子说，爹，您老别讲了，我耳朵都起茧了。

儿子是什么时候烦的呢？记不清了，仿佛很久了，仿佛又是在昨天。谷箩筐被麻袋代替了，晒谷的篾簟被水泥地坪替代了，还有许多许多篾器篾货被廉价的金属和塑料制品取代了。

爹,你不觉得请我们做事的人越来越少了吗?

篾匠摸着脑袋瓜,无语。

爹,家传的手艺归淘汰了。

篾匠不甘心,篾匠想起了夏天,就像捞到一根稻草,说,淘汰? 有些东西是不可能淘汰的! 譬如竹凉席,难道也会淘汰么?

儿子冷笑了,说,竹凉席也是兔子尾巴,长不了啦。你没听到打工回来的人讲? 城里许多人家早不睡凉席了。

篾匠不高兴了,问,不睡凉席难道睡地板?

人家有空调啊, 睡觉时把温度调得低低的, 还用得着凉席吗?

儿子的反问将篾匠彻底打败了,篾匠只好吧嗒着卷烟。

儿子说,明天我也要进城去了,约好的,还有何瓦匠的儿子。

说到何瓦匠,篾匠同病相怜地叹息了一声,唉,如今乡下都用水泥盖平顶房,瓦匠日子也不好过了。

第二天,篾匠目送着儿子和一帮年轻人走出山村,汇入打工大潮。

篾匠没想到儿子一去三年未归。

儿子归来时,却是一脸的兴奋,说,爹,我们家的手艺又有出路了。

篾匠苦着脸望着儿子问,是吗? 篾匠目睹了农村这些年来的变化,正忧愁着自家的手艺越来越难生存了。

儿子从行李包里取出一本相册。

篾匠以为是儿子的生活照,打开一看不是,是竹艺样品照,如竹帘、竹席、竹屏风等。篾匠立马被样品照吸引住了,那样品,件件配有字画,有的是岁寒三友松竹梅,有的是春兰夏荷秋菊冬梅四季花,还有的是山水人物和古诗词等,尽栩栩如生,煞是可爱。

儿子说，每样竹器精巧、可折叠。字画都是采用新工艺，叫烙绘。

儿子说着又从包里取出扳手、起子、钳子、电烙铁、小电钻、小榔头等工具，兴奋地向父亲讲解着工具的用途和竹艺的制作方法。

篾匠静静地站在旁边听。

儿子讲解完后，篾匠便走进了堂屋。

篾匠在祖宗的牌位上烧了三炷香，嘴里喃喃地念叨着先祖水笕的名字，念着念着，篾匠突然老泪纵横地泣了。

儿子听见了，忙跑过来问，爹，您咋啦？

篾匠抹一把脸，答，爹高兴着哩。

裸行记

五月的阳光照不到城市的角落，可城市的角落依然弥漫着季节的湿闷。

这天，打工仔阿发憋屈得厉害，心中的火升腾得都快要爆炸了。为了讨回三千多元的血汗钱，阿发已交涉好几个月了。从老板、包工头到劳动仲裁部门，他都找过，可都是无果而终，最可恼的是他还遭到了老板保镖的暴打。

难道说，自己的血汗钱就这样化为乌有吗？不，绝对不！前些天，他听说，打工仔们为了讨薪，有的爬上十几层的高楼，有的攀登高压铁塔,有的兀立桥墩等制造一些耸人听闻的事件,来引起新闻媒体和政府部门的关注,从而达到讨回欠薪的目的。

阿发想,这些办法绝是绝,可风险太大。他不想冒,拿生命做赌注对不起父母,也对不住老婆和两岁的儿子。不过,他也明白,如果不制造点骇世的新闻那工钱肯定是打水漂了。想到此,阿发就三下五除二地将自己脱了个精光,狠狠地说,老子今儿个不要脸了!非要让这座冷漠的城市热上一番不可。

于是,一丝不挂的阿发就这样裸行在城市里。第一个发现阿发裸行的是一位被母亲牵着手行走的五六岁小孩。小孩手指着阿发对妈妈说,妈妈,你瞧那位叔叔真不要脸,一点衣服都没穿。其实那位年轻的母亲早已发现了,只是没有说,现在被孩子点破了,就不能不说了:孩子,别朝那儿望,那是疯子,会打人的!母子的对话阿发是听不见的,不过孩子的指点阿发还是瞧见了。阿发瞧见那位无邪的小孩就想起了自己的孩子,眼里便涌出了愧疚的泪。

谁也没有拦截他,甚至人们见了他都躲得远远的,特别是那些衣冠楚楚的男女们。阿发裸行着且悲哀着,想小老百姓要制造点新闻真不容易!妈妈的,记者们都上哪儿去了?怎么还不来哟!

一辆白色的120救护车"嘎"的一声停在离他不远的街道旁,车门开处两位身着白大褂的男人朝他直扑过来。阿发感觉不妙,一定是有人拨打了120,把他当成神经病了。要是被他们逮住就惨了。妈妈的,你才是神经病!阿发脱口就来了一句粗话,然后他就拔起腿裸奔起来。

养尊处优的医生哪是阿发的对手,才几步就被阿发远远地甩在脑后。其实阿发过虑了,白大褂们并非真想逮住他,他们心里明白得很,他们只是做做样子,倘若有人过问起来也好交代,仅此而已。

阿发回头望望，白大褂们早没了踪影，于是他就轻蔑地笑了：老子上初中时就是全校的长跑冠军哩！撵老子？没门儿！阿发又优哉游哉地放慢了脚步，此时他很想碰上电视台记者来采访他。这样他就可对着话筒一五一十地将自己打工以来的不幸遭遇全都说出来，末了还要喊上两句，感谢人民政府帮我要回了欠薪！阿发这么一想，心情突然好将起来，居然吹起了"明天明天更美好"的曲调儿。

可就在这时，阿发眼前一黑，原来脑袋被什么东西蒙上。阿发扯下来一瞧，原来是套半新半旧的西装，他不由得抬头一望，望见楼上的窗口旁有一位六七十岁的老太太正用慈祥的眼光瞧着他，并轻轻地说：孩子快穿上它，要不，警察瞧着了会抓你的！

听到这话，阿发差点要掉泪了，他想起了老母亲，以及母亲的叮咛。须臾，阿发像一个听话的孩子似的想穿上衣服走人。可就在这时阿发的肠胃不争气地唱了起来。一想到自己早饭都没钱吃时，阿发立马将衣服放在一边，抱拳向老太拱手道声多谢，然后又义无反顾地裸行而去。警察想抓就抓吧，抓进去好歹还有碗饭吃！

就这样，阿发在抱怨中来到了车站附近。一伙青年男女向他围了过来，有人指着阿发对同伙们喊：大家瞧哇，行为艺术！那伙人对着面对着阿发的身体赞不绝口。有夸赞他黑红色皮肤的，有夸赞他强壮骨骼的，有夸赞他肱二肌的，甚至还有人夸赞了他的生殖器！阿发被点评得好不意思地低下头去。这时一位长者拍着阿发的肩说，年轻人想不想当人体模特啊？想当就来找我。说着递给阿发一张名片。原来这伙人是某大学美术系的！

这时，有人叫时间不早了，火车快进站了。这伙人又呼啦一下全走光了。阿发这才想起应该问问刚才那位长者，做人体模特一月开多少钱，是不是现金。于是阿发就追了过去，不料却被两个全副武装的警察挡住了去路。

阿发终于讨薪成功！不过，那三千元没有进阿发的腰包，阿发因违反治安条例被罚款三千。

从派出所出来，丧失了债权的阿发反而轻松了许多。他望望天，城市的天只有很窄很窄的一线。他摸了摸口袋，那张名片还在，他决定先去做做模特再说。

车　祸

街道上到处飞奔着小轿车。幸福小区的超市门口，也停着各种小轿车。

突然，"咣当"一声巨响，一辆黑色宝马车的挡风玻璃碎裂成无数小颗粒。人们遁声望去，韦疯子正高举着拐杖哈哈大笑。笑声怪异而瘆人。

韦疯子又砸了一辆高级小车啦。有人高叫着。

韦疯子红着眼睛自言自语道，乌龟壳，我叫你神气！叫你神气！韦疯子对着轿车啐了一扑痰后，又是一顿猛砸。哼，瞧你还神气！

韦疯子原先是个很温和的老人。在一家效益颇佳的国企工作，年年是先进。

韦疯子与汽车有仇。确切地说，韦疯子只和黑色的轿车有仇。黑色轿车夺走了他的两位亲人。从那以后，韦疯子就疯了。疯了之后的韦疯子就提前办了退休手续，吃劳保了。

韦疯子从来不砸其他颜色的轿车。

韦疯子举起拐杖砸车时，就瞧见五岁的孙子高叫着爷爷朝他奔来，后面是含笑撵着孙子的母亲——他的贤儿媳。韦疯子落下拐杖时的眼睛里，就全是轿车轮下孙子与儿媳血肉模糊的尸体。

韦疯子砸车子的时候谁也阻拦不住。

谁想阻拦？除非他不要命。

不过，有一个人能喊得住他，那就是他的儿子。他的儿子只一句话就会震住他。儿子说，爹，你的心难道比我的心还要难受吗？韦疯子只要听到这句话，他那举杖的手准会定格在半空中，成为经典造型而迟迟落不下来。

韦疯子砸小车多了，赔款也多了。小家也就迅速地从小康败落到贫困线的边缘而不成家样了。可是，韦疯子依然见不得黑色轿车，见着必砸。

有时，韦疯子在孙子遇难的地方，因为找不到一台发泄的黑轿车，就气呼呼地来回疯走，口里还会喃喃地骂：混蛋，都躲到哪儿去了呢？

有时，韦疯子又会清醒得如常人，抚摸着熟人孩子的脑袋自言自语地说，咳，要是我孙子还在的话，也和这伢儿一般大了。吓得孩子们猛劲地直往大人怀里钻。

每当吃饭的时候，黑了瘦了的儿子就会寻找到这里来。

韦疯子瞧见儿子来了，就会躲藏起来，躲不掉便忸怩如孩子般地说，我不回去，我不回去。我今天还没砸到乌龟哩！

儿子说，爹，咱不砸了。再砸，吃饭没得钱了。

韦疯子说，不砸乌龟壳，吃饭有卵意思？我不想吃饭，只想砸乌龟！

儿子说，乌龟都被你砸跑了，它们不敢来了。

韦疯子听罢就会哈哈大笑，说，真的不敢来了么？

儿子说，真的不敢来了，不骗你。

韦疯子说，不敢来就好！我可以见孙子了。

儿子说，孙子已被他妈妈从幼儿园接回家了，正等着你去扎胡子哩。

于是，韦疯子就高高兴兴地跟在儿子后面回家了。

日子就这样不断地重复着。

忽然一天，幸福小区的人们发现韦疯子好久没在大门口转悠了，也听不到他砸了轿车后瘆人的笑声了。

原来，韦疯子的儿子怕疯子父亲砸出大麻烦来，就将父亲送到乡下亲戚家去了。

过了一段日子，韦疯子儿子的手臂上挽着黑纱了。

又过了些日子，臂挽黑纱的韦疯子儿子也开始在小区的超市门口转悠了。不过他还没砸轿车。他只是逢人便说，我真傻，原只想父亲在乡下会好些，哪想到乡下也会有黑乌龟。那天父亲瞧见黑乌龟在马路上飞奔，就不顾一切地冲了上去砸。天哪，我那可怜的父亲呀，就这样去见孙子了。我真傻，我只想到城里有黑乌龟，怎么就没想到乡下也有黑乌龟呢？

奖酒促销

　　文化路口新开一家酒家，取名"川江火锅城"。据说这是一位重庆老板开的，主打是麻辣火锅，凡去消费过的食客都说"味道不错有特色"。

　　五一节那天，大靳打电话邀请我晚上去"川江"喝一杯。大靳和我是多年的酒肉朋友。我想也没想就回答说，好嘞。

　　晚六时许，大靳和我如约到达。

　　店门口两旁摆着新花篮，可是迎宾小姐比花篮还抢人眼球。

　　我俩刚到门口，一迎宾小姐便迎上前来将我俩引领到大厅。

　　大厅有许多餐桌，桌中间都是掏空了的，镶嵌着两个月牙形锅，俗称鸳鸯火锅。桌下面有一个液化气炉灶。刚入座，便有服务生推来各种各样的火锅料，有肉类、蔬菜类、海鲜类等等。吃这吃那吃多吃少由食客自己点。

　　落座之后，我就对大靳说，你信不信？今天我要打着赤膊呷火锅。大靳听了，瞪大着眼睛梭巡了一遍，说，你要是敢打赤膊？下次的单还由我来买。瞧他那架势，他断定我不敢。我说，好，一言为定。大靳点着头又补充道，好是好，不过我丑话讲在前头，要打就要打到底，若半途而废的话，这单就由你来买。我说要得。

　　于是，我们就点了几样火锅料。火锅味道不错，是正宗的四川麻辣味。酒是扎啤。举杯时大靳说，怎么怕脱了？我说，谁怕了？我现在就脱给你看。我说着三下五除二将上衣全脱了去，露出强健的胸肌。

大靳一见我来真的，劝道，还是趁早算了，你没瞧见周围有女同胞啊？

果然，邻席就有人在喊叫，喂，邻桌的美食朋友，大庭广众之中，可要讲点文明呵？

听到有人开叫，大靳将酒杯一放，悄悄地对我说，算哒算哒，下次单我买好啦，快穿上衣裳。

我说，我不敢半途而废。

此时，一服务生向我走了过来。大靳见了，捣鼓我快穿上快穿上，若被那位服务生讲一顿多不好哇。我嬉笑着说，他爱怎么着就怎么着，今晚反正我把脸拉下来了。

说话间，服务生已来到我的面前。服务生没有批评我不文明，也没要求我快穿上衣裳，而是变戏法似的将一小瓶白酒放在我的桌旁，说道，恭喜先生，这是经理奖给你的。

我露出得意的微笑。

大靳像感到很意外，问服务生这是为什么？

服务生就微笑地告诉他，因为这位先生打了赤膊！"吃火锅打赤膊奖白酒"是本店推出的促销措施。海报就张贴在大门口的一侧。先生你没留意吧。

我进门时就瞧见了。

海报中有这么一段话：当年川江纤夫和簰估佬谋生不易，夏天都是赤膊拉纤放簰，有时还是条胯。这些汉子们，夏天吃饭喝酒时，往往也是上身赤膊着。本店就是想让广大食客感受一番当年川江汉子们的豪放与粗犷。因此，本店为了报答广大食客的青睐，隆重推出，5月1日至5月3日，凡在本店内赤膊消费者，奖励半斤装 XX牌高档白酒一瓶……

大靳准是没瞧见，大靳的眼睛总是喜欢定格在年轻漂亮的女人身上。

可是没想到的是，没多久我的漂亮女友和我分手了。她的理由是我的行为太粗俗，居然在大庭广众之中打赤膊吃火锅。她还说她不能嫁给这样的人。

不久后，大靳结婚了，他的妻子就是与我分手的美眉。

邂 逅

应该有十二、三年了吧，他再也没来过这里。其实从住所到这儿很方便，坐 22 路公交就可直达，他总是克制着，不让自己来，是怕弄疼那根曾经受伤的神经。可是，今晚他还是来了。呵，这儿才是他梦魂萦绕的故地。

来了，才明白十几年来，周边变化比他想象的要大得多，到处都是新建的楼群。呵，对了，右侧应该是荷叶塘，记得春夏之交的夜晚，睡在厂区的宿舍里可以听到满池的青蛙叫声。如今，周边已高楼林立，到处悬挂着惹眼的商业广告。还记得，左侧是郊农的菜地，夏夜南风一吹，有一股淡淡的菜蔬味儿。如今那里成了休闲中心，闪烁着诱人的霓虹灯光。

再往前走几步就是厂区了，曾经很风光的国企，所生产的汽车、拖拉机轮胎，车辙遍及全国。在这里他流过大汗，他的名字上过市报，照片上过厂区的墙报。如今，周边都变化得他不认识了。厂区又将是什么模样呢？可是当他一踏上厂区的时候，眼前的景

象却让他惶惑了。难道这就是自己日夜牵挂的地方么？怎么成了这个样子呢？除了一座还来不及撤除的破旧大门，就是被红砖墙圈了的空地。车间不见了，到处是残垣断壁，许多地方长了深深的蒿草，偶尔还有黄鼠狼穿梭其间。

他凭着记忆，往里探索着，他看到了一方小水泥池。呵，对了，这是车间装防火沙的地方。

又翻过一道断墙，借助月光和远处灯光，他瞧见墙缺处正蹲着一个人。他是谁呢？莫非也和我一样怀旧，来这儿凭吊？

喂，老伙计你是哪个车间的？凭直觉，那人也一定和自己一样曾是厂里的职工。

听到喊声，那人站立起来。

四目相对，都怔住了。

呵，师兄你也来啦？那人抢先认出他来，并快步走了过来，热情地同他打招呼。原来那人是师弟，本厂的最后一届工会主席。说话间，那人已到面前并伸出手来要与他相握。

可他，却将伸出的手放下了，探进口袋，摸出一根烟来，自个儿点了吸。

那人很尴尬，手僵住了。

师兄，你还记恨我喽？那人只好收回手也掏出一根烟来。

这话，仿佛又勾起了他曾经的伤痛。

那时，厂子信誉好、技术先进，设备不赖，在全国汽车轮胎市场上占有相当的份额，职工收益也不错。可是，不知为何社会上突然刮起了"强强联合"之风，厂主要领导不顾全厂职工的反对，决意要和某集团公司联营。当时，作为职工代表的他看出了某集团公司不是真心联合，而是想扼杀一个竞争对手。因此，他坚决反对，并收集了该集团在营销中的不良行为，打印成文，交给了时任厂工会主席的师弟，也就是面前的这人，希望他能以全厂职工利益为重，阻止厂长书记以联合做大做强的名义出卖工厂。没想到的是，师弟没有帮助师兄，而是帮助了厂长书记，帮助他们通过了所谓的厂职工代表大会决议。果然不出所料，联合不久，集团公司没有向厂子注入一分钱资金。相反，厂里的核心技术和客户全被挖走了，主要工程技术人员也被挖走了，先进设备被拉走，全厂被迫停产，工人失业。最后，厂职工有的被提前退休，有的被一次性买断工龄，自谋职业。

记恨？岂敢岂敢，你是工会主席，代表着我呢？他失业之后，拿着不多的买断费在市区租了一间小屋，经营汽车充气、补胎、洗车的项目，总算能维持一家人的生计了，可他心中的失落和怨恨一直在，便不无讥讽地问，听说厂长和书记都发了，你没分到一杯羹？

瞧你说的，我要是得到半分不义之财，天诛地灭。

那你，当时为啥要那样卖力呢？他瞧着那人的落魄样子问。

娘要嫁人，天要下雨，我能挡得住吗？

沉默，沉默。沉默中他在想，是啊，那情那景，谁能阻挡呢？他终于原谅了那人，凑拢去喊了一声：师弟，你晓得吗？厂地盘全卖给开发商了，这儿很快就会建成"天堂小区"了。

我也才晓得，所以，今夜我特赶过来瞧瞧，唉！那人吐出一口烟说，师兄，你听，有蟋蟀的叫声！

是啊，都荒成这样了，卖就卖吧，卖了还能盖些房子。走，我们喝酒去！

好，喝酒去！

盲　区

新年出新事。

大年初一，县交通局局长杨虎突然失踪了。

首先知道此消息的是局办主任李大年。

按惯例，大年初一这天，直属各局都是局长和办公室主任值班，各副职则是排在初二之后的几天。因为初一这天太重要了，县委书记会率领县四大班子到各局拜年慰问。

这天上午 10 时，县委刘书记等一行浩浩荡荡开进交通局时，杨虎局长不在。

刘书记大感意外，问局办主任李大年。李主任心知"县官不如现管"的道理，就替局长打掩护，回答说，杨局长刚才在局里，才会儿接到一个电话出去了，是不是家中临时有了急事？刘书记听了似乎有些不快，说家事再急也急不过公事，是吗？李主任听了头点得像鸡啄米，说是是是，我这就打电话联系。刘书记挥挥手说算了算了，就领着人坐上小车走了。

刘书记一行前脚走，李主任立马打局长手机，回答他的，却是你拨的电话无法接通。李主任就转手拨打杨局长家里电话，接电话的是杨局长夫人，杨夫人说杨局长一早接到一个电话就出去了。

初一这天，不知有多少人找杨局长，有拜年的，有叙旧的，电话全打爆了，却无一人联系上。于是，杨局长失踪的消息悄悄地传开了。

局长失踪,这可是全局最大的事。

初二下午,常务副局长召开临时局务会,研究寻找杨局长事宜。

初三,依然没有杨局长的消息。杨夫人也坐不住了,亲自来局里要人。

初四,交通局在家的几位领导集体研究决定,将杨局长失踪的事实报告给县委和县政府。

初五,交通局悄悄流传着杨局长失踪的多种版本。有的说,杨局长带着情人度蜜月去了;有的说,杨局长和某公路承包商出国旅游去了;有的传得更奇,说杨局长被市反贪局带走了。而且都说得有鼻子又有眼睛的,好像都是亲眼所见似的。

仔细一想,这些传言也不无道理。

承包商、情人、反贪局,这些毫无干系的词语要是放在普通百姓身上,毫无疑义是无稽之谈。可是放在一位交通局长的身上也就不难理解了。网上曝光,腐败高危区不正是首推交通局、国土局、税务局这些实权单位吗?想想看,杨局长在交通局十多年,执牛耳也近四年了,按局外人推测,他想要不犯事也难哪!

时间一天天逝去,传言也越来越神。

初六,地下悄传转化成地上公开传播,甚至有人唯恐天下不乱,在奔走相告了。

初七,杨局长失踪的消息已不只是在局内,已经流传到其他直属局、室了。

杨局长的突然失踪,让人愁来让人喜,愁的自然是杨局长的圈内人,节日期间,他们分头到处找寻杨局长的下落;喜的是杨局长的对立派,他们暗自庆幸老天终于长了眼,让杨虎这老混蛋人间蒸发了。当然更喜的是觊觎局长位置的副局长们，终于等来了一次可能扶正的机会。机不可失，时不再来。于是，他们在节日期间，频繁地出入县委书记、县长们的家，明说是拜年，实则是刺听官情。

初八，是正式上班的第一天，按说，新春新气象，要是以往，交通局的鞭炮会比任何一家放得多，响得久。可是今年的鞭炮好像也心事重重似的，响不多久就销声匿迹了，由局长主讲的新春祝词也免了。

早上班，大家面面相觑，个个表情严肃地各自走进自己的办公室，然后打开电脑，玩着"偷菜"的游戏。要是往年，一个个早跟着头头上兄弟局室拜年去了。

下午，有的借口家里来客了，就根本没有上班。

下午四点，一个身影疲惫地走进交通局，他就是局长杨虎。

杨局长没有直进自己的办公室，而是先到局办，还好，主任李大年在。李大年一见局长，呼地站立起来，叫一声局长新年好！接着是，局长这些天您上哪儿啦，我们都在找你。

杨局长说，我还能上哪儿呢？快退位了，三个老插友瞒着家人相邀去了一趟当年插队落户的老山界，唉，全倒过来了，以前上山，现在是进城。拜访了几家老房东，有的房东不在了，儿女也进城打工了，只过年回来住几天，所以耽搁了，才回！

难怪呢？那儿可是通讯盲区。

岂止通讯盲区，那里还是交通、电力、电视的盲区，我们交通局责任重大啊！杨局长接着又问，这几天局里没啥事吧？

没有没有，和往年一样！

贾局长的"谱"

　　贾局长年龄不是很大,却也摆谱。

　　不过,贾局长不像有些人的摆谱。譬如计划科的赵大。赵大忙了 20 多年,连副科长都没混上。一次他与副科长吃酒红了脸,副科长笑他不是做官的料。他就愤愤不平地说,岂有此理,你副科长算球,九品都够不上。俺祖宗做过皇上哩,嘿嘿,说给你听,俺是赵匡胤的第 38 代嫡传子孙。又譬如开小车的钱二,钱二没上多少学,可他说出来的话也特惊人。他常与局里的读书人说,俺祖上是大学问家,乾隆皇上点过状元,只比纪晓岚矮一届。其时,中央电视台正在热播电视剧《才子纪晓岚》。还有天天骑着破单车上班的孙三,孙三一摆谱就说他祖上在民国初年就坐上小汽车了。当然,比起赵大、钱二的谱来说,孙三的谱要离得近些,也熊些。不过也是个无从考证的旧谱,可靠性只那么大。

　　贾局长摆起谱来当然与赵大们不同,要不然就做不了局长。贾局长从来不说他祖上如何如何。说祖先? 那不是成了阿 Q 了吗? 贾局长在读中学时阅读过鲁迅先生的《阿 Q》正传。晓得那是精神胜利法,是唬不住谁的。贾局长要摆就摆他自己,用事实说话。譬如那年贾局长在中层干部会议上说他前不久跟随市长出差西欧列国云云。证据有他与市长在塞纳河畔的合影。接着第二年,也是在会上,贾局长说他近半月没在家,是因为陪同市委书记虚无同志到美国访问去了。这话扎耳,下面就有人窃窃私语,说瞧他乐的,都成了国家领导人了,什么访问,观光呗。贾局长却一点也不脸红,此时他掏出一张 10 寸的照片举着说,看到了吗?中间戴墨镜的就是虚无同志。人所共知,虚无就是市委书记贾虚无,巧得很,与贾局长同姓。贾局长的话刚落音,果真有好奇者伸长鹅颈般的脖子往上面瞅。可不,贾书记的左边是贾局长,贾局长正紧紧地傍着贾书记的膀子哩。那照片的背景是美国的自由女神像。贾局长说到兴奋时,又随手拿出一本影集来,而且将"虚无书记"或"虚无同志"的后面二字给省略了。他指着一张张照片介绍说,这是我和"虚无"在某国的合影,那是"虚无"与我在某地的小照等等。仿佛他们是哥们关系了。

贾局长的影集赢得一片啧啧之声。

过后不久,又让全局震了一番。S 局被评为年度省文明先进单位。贾书记要亲自来局授牌。这可是破天荒的大事。那天市电视台记者也来了。当贾局长从贾书记手中接过荣誉牌后,两只手足足握了 10 秒钟,而不是 3 秒钟。这条消息就反复在局电视台播放。

此后,人们更信服贾局长与市委贾书记之间是真有谱,干脆有人说他们是堂兄弟。不然,一个省级文明单位,又不是国家级,随便一扫就是一撮箕,市宣传部长授牌就足够了,还用得着劳驾贾书记吗?于是,人们就想到这是市委书记赏给贾局长的脸,是为贾局长升级打铺垫。甚至有人说某副市长有 58 岁了,年底换届就会退下来。贾局长就会顶上去。

年底某副市长真的退了下来,贾局长未能顶上去。相反,贾局长却因政绩不佳,退入二线。于是有人叹息,说真没想到,贾局长有那么硬的关系也没有升上去。局财务科长却一脸不屑地说:"什么硬关系,什么有谱没谱的,会用公款埋单呗。"

此言刚落，不知谁如得道高僧，深深地唱了一个喏："阿弥陀佛，善哉善哉！"

感谢噩梦

白副局长决定辞职。

近年来，白副局长只要一合眼就做噩梦，总梦见一群妖魔鬼怪在追杀他，直搅得他没法入睡。如此，上班时神智恍恍惚惚的，老出岔，甚至连在文件上签名的力气都没有。为此，他到大小医院做了各种检查，然而啥病灶也没发现。白副局长想，再这样耗下去的话，精神迟早会崩溃的，算不定哪天就跳楼了。如此，倒不如辞职提前退休算了。

白副局长原是转业军人，老家在乡下，那里还有父亲留下的三间老屋。白副局长想好了，辞职后就携上老妻回老家安度余生。

不过，白副局长想辞职的愿望是悄悄进行的，所以他的部下谁也不知道。当然，他的上级黑局长知道，他的辞报告就搁在黑局长办公桌上。

黑局长是从外局调来的，调来不到年，他看了白副局长辞职报告后，很不爽，心想，老白你辞职总得等我上任两年后提出来也不迟啊！现在就提出辞职这不是故意为难我吗？要是传了出去，上级和下属他们会怎么想？还不说我黑某人小肚鸡肠吗？交椅还没坐瘾就开始排挤元老了。

白副局长确实很元老了,他四十岁转业到S局,刚好做了十二年的副局长。十二年,一圈属相轮回。期间,与他同为副局长的有的升迁了,有的调走了,还有的退休了。只有他还留在原地踏步走。不过,他对踏步走是无所谓的,记得在部队时,出早操或训练时常常用到踏步走。

黑局长决定先找白副局长谈一谈,希望他能收回辞呈,至少也要配合他再干上一两年后再说。可是没想到,老白辞意已坚,不听劝告。嘿嘿,这个白冰洋,是怎么混到官场的? 黑局长想,你老白不给面子,硬要一意孤行,敬酒不吃吃罚酒的话,嘿嘿,你就莫怪我黑某人无情啊。黑局长望着他的背影心里狠狠地,嘴里却道:好吧,既然你都这么说了,我就把你的意思向上级汇报一下,看他们的意见吧。

半月之后, 市组织部常务副部长胡勒看了白副局长的辞职报告之后很惊讶,心想这个白冰洋是不是脑袋进水了,副局长位置好好的就不想坐了, 要知道有多少人都在虎视眈眈这个肥缺哩! 不行,我得好好找他谈谈去。

于是,他就选择了一个日子,约见了白副局长。白副局长如约而至。胡部长指着一张靠椅叫他在对面坐下,接着一工作人员用一次性纸杯给他倒了一杯茶。

待工作人员退出之后,胡部长一声咳嗽后,便道;老白啊,给组织一个理由,你干得好好地为什么要辞职呢?

胡部长,关于这个问题,我已在报告中写得很详细了。

嘿,根据我的经验,当下有些同志书面写的和心里想的还是有差距的! 胡部长说着掏出一包香烟,抽出一支丢给白局长一支,问道,是不是对你局的人事安排有意见?

白局长摇了摇头说,没有,没有! 他接过那支烟,却没有抽。

没有！那又为了啥？胡部长见他不抽就顺手将那包烟撂在老板桌上。

我也不知为什么，近来精神欠佳，老失眠，睡不着。

检查了吗？

检查了，所有的医院都查不出原因。

哦，看来你真的是病了。

是啊是啊，胡部长您是不是批准了？

还没，没有。我们正在研究。胡部长端起杯子喝了一口水，哎，我问你，是不是老黑为难你了？

没有，我没感觉到！我们配合得还可以。我只是感到心力交瘁，不堪重任啊，部长，你就准了我吧！

好吧，你既然去意已坚，组织会考虑的，你先回去吧！

一周后，上级的研究结果出来了：同意S局党组的决定，免去白冰洋的副局长职务，做一般干部提前退养处理。

第二天，老白就和老妻回乡下了。

三年之后，S局暴出贪腐大案，而且是窝案，包括黑局长在内的几位在职处级官员全被双规。老白闻说之后，感慨万千道，唉，多亏那时老做噩梦，要不然自己也难逃噩运啊！

"胡导"其人

每年年底局里要搞一次文艺会演，局机关与各基层单位都要出节目。节目形式不限，只要内容健康，能搞笑就行。奖金不菲,去年机关节目没获奖,领导很没面子。领导说,还高素质哩,抵不上基层。今年领导亲自抓节目,还从外面请了一位编导。

编导是位中年男人,长发披肩,是个大胡子,乍看还真有点讳莫如深。他亲自到各科室挑演员。他每到一科室都要自报家门,说本人姓胡,受贵局领导之托,执掌机关节目编导,现特来挑选演员。今天面生,下次就是熟人了,以后你们就叫我胡编或者胡导都行。

没想到,我与妻同时被他选中了。他说我的抬头皱纹深,是他心目中理想的男一号,还说我妻慈眉善目的最适合演女一号了。原来他是想通过一个老工人家庭的生活片断反映社会的和谐。

一开始排练,胡导安排老两口上场就开打,还动武器,一个用扫把,一个操锅铲。我说这样不好吧,反映家庭和谐用打架?胡导说,你莫管,叫你打你就打,打出问题我负责。我还想嘟囔两句,可是胡导将眼睛一瞪,说听我的还是听你的?

打了一阵子,胡导叫我们暂停。各人丢下手中家什,背靠背地坐在椅子上喘息,生着闷气。胡导说,这样不好,应该如此如此。我说,才打的架,气还没消呢?就搞相互捶腰揉腿?如此热乎,太不可思议了吧。胡导说,你又来了,我不是说过吗?这就是现代人的生活,你看没看过香港的电影电视?无厘头的生气无厘头的和好,懂吗?我想反驳两句,可是话到嘴边却无厘头地点了点头,表示理解了,就按着他的意思去做了。

该戏中的儿子媳妇上场了,胡导又安排他们开打。我又不理解了,就插话说,还打啊?刚才老两口还没打够吗?哎,胡导,我可告诉你,小两口可比不上咱老两口,小两口不经打,一打准会打离婚不可?胡导说,谁说他们真打?他们是打起好玩的,主要是表现年轻的媳妇小气,她见不得丈夫给家娘家爷送水果烟酒糖,她是心疼钞票才向丈夫发难的,你不懂就不要乱插嘴! 原来如此,你怎么不早说哩? 我还以为这一家子有打架的传统呢!

接下来,胡导安排婆婆去劝架。我见状也要去劝时,胡导却一把拉住我的手说,作为公公的你就别费这个神了。我说看见小两口吵架,当公公的我总不能袖手旁观吗? 胡导听我这么一说,就回答我说,谁说你袖手旁观了? 不是安排你在一旁抽烟,假装没瞧见吗? 我有些不服。他又把眼睛一瞪地说,请记住,我是胡导啊? 于是我又将嘴边的话咽了回去,按照他的要求去表演了。

没想到表演中,胡导突然灵魂出窍,要我边抽烟边喊"打得好打得好"。当然我只能按着他的意思办喽。可是当我喊到第三声"打得好"时,胡导就朝着我们大叫一声:停! 随后他向负责音响的小文一努嘴。排演厅里立马响起了《常回家看看》的音乐,音乐声中胡导让我们一家四口跳起了迪斯科,随后就是谢幕。

排练一完毕,我就提出异议,说这出小品的情节值得商榷。表现家庭和谐怎么能用打架的方式呢? 胡导生气地对我说,你不懂艺术就别瞎咋呼。

最后胡导向我们许诺,说只要我们按着他的思路去排练,保准拿大奖。

我们还能说什么呢? 他是胡导哇!

转眼就到了年底,全局各基层单位文艺骨干都在摩拳擦掌,准备会演时拿大奖。这次为了体现公平公正,局工会还托人到市文艺界请了六位评委。

没想到的是,演出结束后机关的节目还真的得了一等奖,评委的意见是局机关的节目有新的创意, 特别是两代人打斗很有生活气息,最后还打出了家庭的和谐,是一出非常成功的小品。

我也没想到能获得这么高的评价。

后来分奖金时，胡导一个人拿走了一多半。我不服，说，胡导，我们已经给了你不菲的编导费了，你为什么还要独拿一多半呢？难道因为你是胡导吗？

胡导不高兴了，说，你以为是我一个人的？实话告诉你吧，不是那些铁哥们评委的胡评，你们机关能拿大奖？做梦吧！噢，对了，我得给他们送红包去！

退伍之前

退伍兵在离队的前一天，是不用再上岗的。

这天，退伍兵大多数选择上街，购一些实用的物品，以便到家时送给父母、兄弟姐妹等。这些都是自己牵挂或牵挂自己的人，三年未见面，再见面时不能没一点意思。当然还要买些纪念品送给尚在部队继续服役的战友，一起摸爬滚打两三年，不容易啊。

然而，郝兵没有选择上街，一早起床就请求排长，要再站一班岗。虽说站好最后一班岗是老传统，可是这次退伍兵的最后一班岗都在昨天安排站完了。排长感到意外，便说，郝兵你还是上街走走吧，该买点啥就买点啥，以后难得来这座城市了。

郝兵说，排长，明天一早俺就要回家乡了，想站岗都没有机会了。你就让俺再站一班岗吧。排长想了想，觉得郝兵的话在理，再说新兵还没到位，正是最缺人手的时候就同意了郝兵的请求，将他安排在早上七点半至九点半。排长想，郝兵站完岗去市里办事也不迟。

安排正中郝兵下怀。郝兵就是想站这个时段的岗，他想碰一个人。

三年前，郝兵兴冲冲地来到军营。

郝兵当的是武警，原想武警干的都是抓毒贩、反恐怖这类有刺激的事，没想到自己却是给一座特大电站站岗。郝兵记得那天中队长的训话：同志们，战友们，别小瞧了站岗工作，我们却是为祖国的光明和人民的幸福站岗啊……大家想过没有？如果因为我们的疏忽，身后的电站遭到破坏的话，那么这座城市，甚至半个省都将瘫痪，晚上便会漆黑一团……这一切后果，谁敢想象？所以说责任重大啊！

正因为中队长的话激励了郝兵，他站岗时格外认真，才引发了一件很不愉快的事。

那天，郝兵是第一次在电站大门站岗，责任感使他警惕性特高，心里老想，保卫电站，决不放过一个可疑的人。那时适逢交接班，进出人很多，还好，大都出入证佩戴在胸前，很规范，郝兵一眼就能看得见。可还是有例外，郝兵发现人流中有一位脸上有胎记的男人没有戴证直往里钻。于是，他伸出大手挡住了那人的去路并要他出示证件。没想到那人勃然大怒，骂道，你瞎了，耽误了我的工作你负得起责吗？傻大兵样！郝兵的脸立马涨得通红却不知说啥是好。新兵嘛，应急能力差。这时，多亏后面一位佩戴证章的人替他解了围：呵呵，小同志，你是第一次来这站岗的吧，这位可是我们的部门领导嘞，常进出的，老兵都认识的。

俺不明白，俺是坚持出入制度啊！下岗回来，郝兵把满腹的委屈说给老兵听。老兵想了想，幽默地说，你不是说那家伙脸上有胎记很难看吗？这就对了,想那家伙刚被女友甩了,正自卑着呢？你又在大庭广众之中单单地拦住他,他在众人面前折了面子,能不火吗？要知道失恋者是最神经质的！郝兵一想,老兵的话有些道理,便不再言语。不过,他的心灵深处,直到退伍也不能接受"傻大兵"三字,问自己,俺坚持原则就傻了吗？

三年,弹指一挥间,郝兵从一个新兵站成了老兵。

三年,那骂他的胎记男人称呼变了,已被他们的员工叫"副老总"了。可是在郝兵的眼里,那男人依然是一个骄横而丑陋的人。

七时半,郝兵威风凛凛地站在大门口的岗位上,今天他突然感到自己像一位将军,来这儿不单是站岗,好像还有点别的！呵,今天看谁再敢在俺面前耍横！

八时许,郝兵想那个胎记男人快要来上班了,今天只要他胆敢不戴证,俺郝兵就要把他拦下,倘若他再敢耍横的话,俺就要好好教训教训他！还要让他尝尝俺"傻大兵"的傻劲！俺郝兵可不认识啥副老总不副老总,要不,白在部队吃了三年干饭！

天意哪,那人终于出现了,还真没戴出入证！郝兵窃喜。等到那人来到门口,郝兵果断地跨上一步,伸出戴着雪白手套的大手横在那人面前喝道:请出示证件！

那人先是一怔,接着"呵呵"地笑了,掏出出入证说,嘿嘿,不好意思,因为忙,一时糊涂了,忘戴胸前了。

好吧,官做大了,脾气也变好了。郝兵站完岗没精打采地回到班里。

排长进来了,高兴地说,郝兵啊,中队长刚才通知,说他接到电站某副老总的电话,表扬你站岗负责,要中队嘉奖你哩！排长说着在郝兵胸脯上轻轻一拳,说,好样的！临离队受嘉奖,你可是咱中队的第一人哪！

莫　望

早上班，莫望瞧见下岗工人郦疯子在公司门口唱：灯红酒绿啤酒杯，众人皆醒我独醉，受贿领导没受贿，这个世道蛮有味……

莫望正瞧得出神的时候，人力资源科余科长蹭了过来神秘地告诉他，说纪委贾书记找他。听说贾书记有找，莫望的心立马一"咯噔"。莫望是 S 公司的预算工程师。

S 公司是大型国企。纪委贾书记还兼任监察室主任，他所管辖的办公室也就特别了些，门口旁挂着两块牌子。别看这间办公室与其他办公室没多大差别，其实他掌管着全休员工违法乱纪的处理、处分。

莫望明白贾书记有请，孬多好少。记得单位早先开除的几个人都是被贾书记找去谈过话的。莫望想到这一层，心里就恐慌了：难道那事犯了？

那事就是半年前，多多工程公司经理齐京请莫望去吃饭的事。当然也不单是吃饭喝酒，还泡了妞，最要紧的还是收受了齐经理的一个红包。那红包的分量有点重，足可以让他在牢里蹲些日子。

莫望从前可不是这样，从前莫望从不参与别人的吃请，特别是有业务往来的客户。他知道吃人家的嘴软，拿人家的手短的道理。莫望是搞工程预算的，每年从他手中经过的资金要以亿元记。只要他的手稍稍地松一松，公司里的银子就会大把大把地溜出去了。某私营公司曾经有人暗示过他，只要他懂味，全市黄金地段一套房产就是他的了。那可是他靠工资一辈子也难实现的梦。莫望晓得那种梦不能做。参加工作十几年，莫望就是这么清清爽爽走过来的。

要不是后来企业搞"国际接轨"的话，也许莫望还会那么过下去。国际接轨之后的企业不是原来的那个企业了，至少在收入分配方面如此。接轨后的领导成老板了，一夜之间工资猛涨了许多，明打明的一人可敌一二十普通员工，甚至更多。这还不包括隐性收入。即使非决策层的中层干部的工资也能让普通员工的眼睛发红。莫望困惑了，想自己兢兢业业做事十余年，处处为企业着想，可是到头来还是打工仔。这些年，干部提拔了一批又一批，甚至比他后来的大学生也一个个地晋升了，工资也随之猛涨上去了，而他还是原地踏步。每次陪领导到基层检查工作时，人家总是最后介绍他，而且非常简单，就两字：莫工。吃饭时也总是被主人安排在次席位置。

如果说被单位同事怠慢莫望还能承受的话，那么被妻子奚落就是压断他脊梁骨的最后一根稻草了。那天晚餐，因为一道菜炒咸了，妻子就借题发挥，说他真笨，是"笨科"毕业，不是本科，连一个中专生都抵不上。妻子的话没错，前不久单位又新任命了一批中层干部，其中一中专两大专。妻子借题发挥让莫望火拱，将饭碗一摞就回房睡觉了。

那晚，莫望失眠了，翻来覆去想了很多很多。

随后不久（也就是半年前）的一天，齐经理再度邀请莫望吃饭时，他就爽快答应了。

从此，莫望的手再也攥不紧了。

莫望怀着忐忑不安的心情走进贾书记办公室。莫望说，贾书记，您找我？

贾书记指着一张红木椅子对莫望点点头说，坐吧，坐吧。

莫望坐定在那张红木椅子上之后，猛抬头正好与对面的贾书记的目光相碰。莫望做贼心虚般赶紧将目光移向别处，他忐忑不安地等待着贾书记的提问。可是，贾书记一点儿也不急，甚至很悠闲地喝口水，还送给莫望一个意味深长的笑。莫望感觉那笑里藏着东西，藏着什么呢？莫望一会儿猜想是宰自己的快刀，一会儿又判断是斩自己的利剑。反正那笑容不是什么好东西，太难琢磨了。

沉默，有时就是一根鞭子，抽人！其实也只那么十几秒钟的沉默，莫望感觉好漫长。他的精神差点儿就要崩溃了，就要主动坦白交代受贿之事了。可就在这时，贾书记开口说话了。

贾书记说，莫望啊，你表现不错，经组织最近考察，拟破格提拔你为正科级纪检监察员。要是你没意见的话，下周一就来这儿报到。

莫望做梦也没想到馅饼会砸到自个头上。他喜出望外，当即表态说，谢谢领导，本人坚决服从组织安排！

从纪委办出来，莫望瞧见郦疯子还在那里唱：灯红酒绿啤酒杯，众人皆醒我独醉，受贿领导没受贿，这个世道蛮有味。

怎么保安不来管管疯子呢？莫望突然生出了这种想法。

两年之后，以S公司经理为首的团伙侵吞国资案浮出水面，莫望被卷入其中。

投资环境

荆村穷,却是个长寿村。某知名生命学专家曾来村考察,结论是水源好,含有多种人体所需的矿物质。结论让荆村振奋,前两届村主任揣着专家的考察结论招商引资,商倒招来了两拨,可都搞砸了。

搞砸的原因,据说一次是因为村干部在招待客人时一掷千金,海吃海喝后,还带着去"桑拿"。投资商是个正派人,他见这伙人如此花钱,准是败家子,便找个借口走了。第二次是,投资商沿着村前小河溜达时发现河床坑坑洼洼,一问才知是村民乱采沙石弄的。投资商想,这村环保意识差劲,于是也走人了。

新村主任夏利上任后,吸取了前两次教训,做了相应准备,意在必得。

这不,吉普车正往村里赶哩。吉普车有些老旧,村里穷,没公车,是村主任租的。开车的是个平头,话多。村主任夏利坐在副驾位置上带路。坐在后面的是投资商姜继华,人称姜老板,是去村里考察的。

姜老板本县人士,年轻时漂洋过海,几经沉浮后终于在知天命之年成为大公司老板。他认定故乡虽然偏僻,也蕴藏着资源,若开发好了,照样会赚钱还能为父老乡亲脱贫致富助上一臂之力。前不久,他看过那篇"初揭某县荆村多长寿老人之谜"的报道后,有了在那儿建矿泉水的构想,恰巧村主任夏利找上门来了。

路老而窄,村里没钱改造,才下过雨,泥泞。吉普颠簸着,平头不时地唠叨:路太烂了,太烂了,早晓得打死都不来。村主任很尴尬,不断地敬烟,有时也嘀咕两句,说,就是就是,路太烂了,要是好的话,姜老板自己会开奔驰来。

姜老板好像不关心他们的对话,只眯着双眼瞧着窗外,生怕漏了什么宝贝似的。

吉普将进入荆村地界了,没想到就在此时一群鸭子扑腾腾地奔了来,平头急踩刹车还是晚了半步,将两只鸭压死了。放鸭佬脑了,将牧鸭竹竿一横,挡住了吉普,说赔我鸭来。平头望望村主任,村主任无奈地跳下车掏出五十元钱作为赔偿。谁知牧鸭佬不干,说轧死的是两只生蛋的鸭婆,再怎么着也得二百。村主任紫涨着脸争了半天也无济于事,只好又增加了一百才算了事。

吉普重新上路,很快进入了荆村地界。

村主任瞧着熟悉的土地,绷着的脸松弛下来,又掏出烟,弹出一支,转过身去,问,老板来一支?姜老板摆摆手。村主任回身将烟送给平头,说师傅你抽。平头不客气,从中抽出一支。村主任这才叼上烟,点燃深吸一口,重重地吐出一串烟雾,仿佛要将刚才的不快吐尽。

吸了烟后,村主任的脸色渐渐好转,来了神,就瞎侃,侃自己在荆村如何说一不二,讲着讲着还捎带骂了刚才那个牧鸭佬是刁民!要是在他荆村,非好好治治他不可。

好像吉普故意要检验村主任的权威似的,车到村口,突然奔出一头山羊,平头措手不及。平头停车下去一瞧,羊已死了,心想事闹大了。

村主任也没料到,不过他很冷静,没挪脚,依然吸着烟,瞧着。

果然，一老汉奔了出来，一把揪住平头的衣领，愤怒了：赔我羊来。

平头不知所措，求救般望着村主任，问，咋办？

树磴，你干啥呢？快放手，这是我请来的客人。村主任这才慢吞吞地下了车。

村主任，你瞧我的羊被轧死了。被叫树磴的老汉放下揪平头的手，指着血泊中的羊。

看到了看到了，是你羊不小心撞到车上了。村主任说。

村主任，明明是小车把我家羊给轧死的，咋就成了羊不小心撞到车上了？

我说是羊不小心撞车了就是羊不小心撞车了，咋啦，你不服？村主任咄咄逼人。

好好好，你是村主任你说了算，可羊总不能白死了是吧？

谁说白死啦，喏，拿着，赔你的！村主任抽出20元钱递了过去。

老汉不接。这时，围上来不少瞧热闹的村民。

村主任不悦了，说嫌少是吗？我告诉你再不接的话20元就没了。

老汉望望村主任，便不情愿地接了，可嘴里还是嘟囔着一头羊咋也不止20元是吗？像是问自己又像是问众乡邻。

众人说，是呵，是呵，赔得太少了，太少了。

你们有完没完，不就是一头羊吗？羊死了，肉还可以吃，要是影响了招商引资的话，你们可要吃不了兜着走哇！村主任鼓着眼瞪瞪老汉又瞪瞪众人。

众人沉默了。

老汉也停止了嘟囔，看得出他心里并不服气。

村主任见大家闭了嘴很自负地招呼平头上车。

可就在此时，姜老板喊慢着，随声姜老板跳下车来，他走到老汉的面前问，老人家，这羊是你的吗？

老汉点点头。

那我问你，这羊要是活着能值多少？

至少值五六百。有人替老汉作了答。

这时，村主任又催起平头来，说时间不早了。

平头巴不得早走，几步跨上车摁响了喇叭。

重新上路时，姜老板像有心思。

村主任说，路不好，颠簸，老板您累了吧？

姜老板揉着太阳穴答，有一点有一点。

姜老板考察完村后，临行时找到树磴老汉了解些村里事，末了还给了老汉六百元，说是给羊的赔款。老汉不肯接，说咋也不能让客人赔。姜老板说事情是他引起的，他赔应当。老汉这才收下了。

姜老板走后再也没来荆村，村主任后来上门去问原因。

姜老板答：我的资金要投向和谐的地方。

谁的红包分量重

某单位举办"平安、和谐、爱心"朗诵比赛，为了体现公平，就从市里请来六位演讲朗诵名家当评委。市某中的语文教师金无眠就是其中的一位。

　　经过近两个小时的角逐后,所有选手朗诵全部结束,可分数还没有完全统计出来,排名也在进行之中。中间就空出一段时间。为了不让场面冷落,女主持就说,下面我们请市演讲朗诵协会的金老师对今晚的比赛点评一下好不好? 台下立马响起了热烈的掌声。

　　金老师就在热烈的掌声中站了起来,他走上台去,接过女主持的话筒,首先说明了朗诵的评分准则,然后又点评了各位选手的得与失。他说完这些后,原本可以结束了他的发言。但今天他有点兴奋,兴奋的原因是瞧见自己的儿子也在场内。

　　儿子是作为主办单位的上级机关被邀请来观摩的,儿子是陪伴领导来的,儿子只是一个小小的副科级。副科级的儿子不怎么认可自己的父亲,原因是,父亲虽然在市内教育界小有名气,特别是在语言学方面有一定的造诣,也曾在省内演讲、朗诵比赛中拿过大奖。但是,父亲一辈子没有混出什么名堂,充其量是个名教书匠而已。儿子的不恭,虽使金老师不悦,但能让他宽容得了。谁让他是我的儿子呢? 金老师常常这么想。

　　瞧着儿子,金老师的表现欲突然在脑中升腾起来。此时,他似乎想证明着什么,就用浑厚的男中音朗诵起陆游的词《钗头凤》来:……东风恶,欢情薄。一怀愁绪,几年离索。错,错,错……抑扬顿挫,舒缓有致的语言穿透着人墙,在礼堂的上空久久地回荡,当"莫,莫,莫"一落音,立马,全场爆发出雷鸣般的掌声。

　　"再来一段,再来一段。"有的人边鼓掌边喊叫着。

　　金老师在享受着掌声的同时,又瞧了瞧台下的儿子,儿子却与旁边的肥头大耳正在悄悄地说着话。这更刺激了他的神经,他清了清嗓子又饱含激情地念了舒婷的现代诗《初春》……但等着吧,一旦惊雷起 / 乌云便仓皇而逃 / 那是最美最好的梦呵 / 也许在一夜间辉煌地到来……

又是一阵猛烈的鼓掌。

金老师陶醉了。要不是男主持及时地抓住了掌声的空隙,说非常感谢金老师的点评和非常感谢金老师给我们带来了美妙的朗诵,还不知道金老师要发挥到什么时候哩。

朗诵晚会结束之后,金老师与其他评委一样,得到主办单位的一个红包。金老师掂着那红包,感觉到有些分量,就道声"谢谢"将它装进了衣袋。

金老师打车赶到家时,没想到他儿子先于他到家了,儿子是主办单位派小车送到家的。金老师知道后虽有些不悦,但还是被口袋里的红包冲淡了。他想起刚才台下儿子对他朗诵的漠视,便故意将红包"啪"的一声丢在茶几上,朝着儿子道:这个单位还算客气,两个小时给了我四百元的劳务费。

儿子见了,淡然一笑,说,这个单位确实客气,我们什么也没做,他们也说我们辛苦了,给了我们每人一个红包,多少我还没来得及数哩。爸,你就先拿它买件衣裳吧,今天晚上看见你在台上与男主持相比,那穿着确实很落伍了。

金老师原想拒绝儿子好意的,可是不知为什么他居然接受了。他打开儿子的红包一数,心情一下子坏透了。

随　礼

新的一天开始了,韩拔早早来到单位。他打开办公室一瞧,桌脏了,椅也脏了,也难怪,七天没进办公室了。于是,他用提桶从洗手间打来水小心翼翼地擦抹起来,抹着抹着,电话铃忽然响了起来。

韩拔拿起话筒一听,是劳人科黎执打来的。

黎执说,韩拔你晓得吗?我俩在外出差期间,局长的爹死了。

韩拔大惊,问:局长爹不是前年过世了么?

黎执说,前年是继父,这次听说是爹……

韩拔说,那我就不晓得啊,科里人还没来上班,没听说。

黎执说,千真万确,马比科长才从我手中拿去两百元,说局长爹死了,科里每人凑了两百元份子钱,因为我出差在外,他就先替我垫付了。黎执说到这儿有些愤愤不平了,他唠叨说:韩拔啊,你说说看,这算啥事儿。

这个问题太敏感,韩拔不好回答。

黎执便挂了电话。

韩拔也放下电话。

这时,科里的人陆陆续续地来了,同韩拔打着招呼:

"老韩啊,这么快就回来了,不晓得在外面多玩几天?"

"老韩啊,在外面听到啥新闻啊?"

韩拔答:"没新闻啊,现在是互联网时代,有啥新闻全地球人都会在同一时间内知道啊。我倒想听听局里发生啥新闻没有。"

"局里吗?这几天没啥变化。噢,对了,局长爹死了。啧啧,前天出殡时,光花圈就有两卡车。收的礼金就不好说了,反正我们每人出了两百元。"

"老韩啊,你这趟差值哇,省了两百元。"

韩拔听了,心里却翻腾了。全科都送了礼,只他一人没送。局长一翻礼单,不把我打入另册才怪哩,那我还能在此混下去吗?

不过他想到了老科长还没露面,算不定老科长给自己垫付了。黎执不也是科长先垫的么？韩拔想到此心里便轻松了许多。

正念叨时,老科长进来了。

韩拔忙迎上前去说,科长你早啊。

老科长说,韩拔你回来啦？

韩拔答,回来啦,昨儿回的,可他一双脚还不想走。

老科长从韩拔的眼神里读出了期待,就问韩拔你是不是还有事？

韩拔说,听说局长爹过世了是吗？

老科长说,是的,前晌出的殡。

韩拔又说,听说科里每人凑了份子钱是吗？

老科长说,是的,在家的每人都出了两百元。

韩拔不作声了,知道老科长没代他凑份子钱。老科长说完后就走进科长室坐到自己的位置忙去了。韩拔也落座自己位置,可他屁股还未坐稳,脚便不自在起来。他就蹭进科长室对老科长说,科长哎,你把我当外人啦。

老科长说,没有啊。

韩拔说,那么,局长爹过世了这样的大事你咋不通知我呢？

老科长说,你不是出差了吗？再说这又不是啥好事。

韩拔说,劳人科的黎执和我同样出差,人家科长就晓得给他先垫了份子钱。

老科长沉默了。

韩拔叹气说,要晓得有这么回事,我真不该出差了。

老科长不悦了,说韩拔,你咋能这么想呢？

韩拔说,我咋不能这么想？我出差局长不一定知道,可我没随礼他一定是知道的。

老科长说,韩拔啊,实话告诉你吧,原先我也想代你垫付份子钱的,可一想到两月前你爹过世时,是我记的礼单没错吧? 可我没见局长给你家随礼啊?

韩拔说,科长你这样说就外行了,我家咋能跟局长家比啊! 哎科长,我要问你,全局没给我家随礼的海着哩是不是? 可没给局长家随礼的又有几人?

这话倒难住了老科长,老科长想了想说,韩拔啊,你既然这么在乎,那你去补一份吧。

于是,韩拔便往门外走去,可没走两步又转了回来,说,科长啊你这不是在害我嘛,都知道死人的礼是不能补的啊?

可不是,我也搞糊涂了,那咋办呢? 老科长自言自语地说,看来只有等局长再死爹时补喽。

也只有这么办了。于是韩拔朝门口走去,可刚走了两步又站住了,心想,不成,局长咋会有恁多的爹呢?

可就在此时,室内电话铃响了。老科长拿起话筒嘴里"嗯嗯"地应承着,他放下电话一眼瞧见韩拔还没走,就笑笑地说,韩拔啊,你的机会来啦。

是吗,啥机会?

局长的爹死了。老科长朝着凑近脑袋过来的韩拔说,我也是才搞清的,大前回死的是局长继父,前回死的是局长干爹,这回才是局长的亲爹。

韩拔听罢大喜:可好啦,感谢局长死亲爹,我可把上次欠费一并缴了。

民主推荐

一朝天子一朝臣,这话还真在我局印证了好几届。

前两任局长上台都是迫不及待地更换中层干部。想想,能理解,这年头嘛,谁不愿意使用亲信,上阵还得父子兵,是不?

可是,新任局长权贵有些另类,他上任伊始,便提出"和谐治局、五湖四海"的人力资源管理理念,并在中层干部会议上宣布:科室的领导基本不动,少数科室领导因年龄到顶需更换新人选的则由本科室民主推荐产生,原则上不从外面调人。

好消息啊!营销科科员人人兴奋不已,因为老科长到龄下月该退了,机会难得!

果然不久,人力资源科到营销科传达了局长用人理念,宣读了民主推荐规则。

推荐这天,上班时我路遇同科室的张三。

张三老远就跟我打招呼:尹老,早哇!吃了吗?

吃啦。答过之后我立马感到不对了,我几时成了"尹老"了,平时不都是叫我"老尹"的吗?

没待我反应过来,张三又笑眯眯地问:吃的烧饼牛奶,还是豆浆油条?

都不是,是馒头稀饭。

呵,馒头稀饭好哇,有利于健康。说着张三瞧瞧四周无人便神秘地说,尹老您心中的人选有了么?

什么人选啊？我明知故问。

就是三天前人力资源科布置的，要我们科在今天以无记名投票的方式,推荐一名科头的事啊。您老忘啦?

我挠挠头对他嘿嘿一笑,年龄不饶人哪,你不提醒,我还真的忘了。

倒也是,您老年龄已过了提拔杠杠了吧? 要不然我会投你一票的。

是吗? 你会投我一票!

哎,那还假? 张三继续发挥着,尹老,讲出来您也许不信,咱科七个科员,我嘛最佩服的就是您了。要德有德,要才有才。怪就怪局里以前提拔中层干部没走群众路线,要走的话,您老早就当上啦。

我沉默了,论能力资历,我上个中层干部应该没问题,可世上的事说不清。

张三的话让我舒坦。我想了想,凭这句话我就该投他一票,投谁还不都是投吗? 于是我说,小张呵,好好干吧,到时可要请客呦。

张三见我把话说到这份上, 心里有了底, 于是扬扬手说声"拜拜",就与我再见了。这小子,才一会儿又现原形了。

可我还没走上几步, 又有人在后面喊:老尹,早哇。我回头一看,是科里的李四。李四紧走几步,朝我靠了过来。李四虽与我同一科,分工却不同,平时就像两只刺猬,保持着不远不近的距离。

不早了, 我看了看表问,找我有事?

他见我如此问,也就直截了当地说,老尹,今天推荐科头,心里想好了吗?

我敷衍说,还没想好。

你看我行不？李四见我这般答，给我点上一支烟将头一昂就实话实说了。

我从近视镜片后面读懂了他的企盼。

我知道李四对这个位置觊觎久了。其实，全科除了即将退休的老科长外，谁不想上？自从那年我们国企分配制度改革之后，员工与管理层之间的收入差距大去了。别说高层，就科室而言，科级要比普通职员明打明地高出一倍，若算上那些隐形收入，就更没法比了。为此，谁不想上？除非傻儿！可是话又说回来，毕竟国企官位有限，大多数人注定一辈子只能当普通职工。

如今，新局长给了每个科员相同的机会，谁不想力争一下？

李四是个干实事的人，而且在七位科员中，除我之外他的年龄与资历都是最老的。瞧他脸上的皱纹，这次机会如果错过了的话，恐怕他就永远没有机会了。想到此，我心灵的天平倾向了他，便对他说，你当然行喽，不过我只有一票，想上还得大多数认可才成。

李四听罢，很是激动，说，到时我会好好感谢你们的。

听那口气，好像其他人也都许诺了他。不知为何，我莫名地叹息了一声，是叹自己时运不佳，没有碰上好机会吧。

投票时，大家都神神秘秘的。

不过，很快推荐结果出来了，除李四得了两票和老科长一票未得之外，几乎每人都得了一票。

此后，权局长在总结民主推荐大会上很不客气地批评道：局里有的科室，人员素质就是差，七八个科员连个中层干部都推荐不出来，真是丢先人的脸！

随后，人力资源科破例从基层提拔一位班长任营销科科长。

任命宣布后，李四最沮丧，主动要求调往别的科室，获得批准。

在迎新送旧的饭局上,李四给我敬酒,他说很感谢我投了他一票。说完他一干而尽。

我却不胜酒力地吐了,因为我内心愧疚死了,那天临推荐时,我不知为何,明知自己已过了提拔年龄,还是投了自己一票。

散席后,老科长和我走在最后,我们相互搀扶着。老科长醉眼蒙眬地说,老尹啊,你你猜不到吧,权局长可是个高人啦,他,他算准了大伙"官念"深,深重……所以才……呃,算哒算哒,不,不讲了……呃,老尹啊,我,我要回家带孙子了,就露点信息给你吧,新科长他,他是局长的外甥!

村　规

荆村是小村,只30多户人家,却有条不成文的规矩,谁家砌新屋,全村每户都会去人帮忙当小工。本村小工不用开薪,每天管三餐饭有一包烟就行。

何其老汉没想到,轮到他家砌新房时却变了。

正月十八是个好日子,何其老汉天没亮就起来了,他首先叫醒老伴,随后又吩咐儿媳,说,你们都给我听好了,过一会儿匠人一到,村里的帮工也陆续会来,你们就按着昨儿分工去办,发烟的发烟,泡茶的泡茶。估计今儿个人会多,饭要多煮些,菜要多弄些,弄好些,还有,要把茶水烧好,用好茶叶,还要浓些。

一切交代清楚后,何其老汉就用箩筐装上鞭炮、香烟什么的挑着往新屋场走去,作为主角的他,自然要赶在前头,恭候匠人和帮工们。

新屋场离老屋不远,只有一箭之地,不一会儿何其老汉就到了。他放下箩,点上一支烟,叼着,怀里揣着香烟手里握着打火机,踌躇满志地对新屋场巡视起来。新屋场原是他家的菜地,这儿地势很好,背风向阳,前面视野又开阔,是块好宅地。他是用一万元和一条好烟,才从国土局批下来的。时下,土地价码都在飙涨,何其老汉虽处偏远山村,没有开发商搞房产,土地卖不起价,可农村人真要从国土局那些大爷们手下,批一块像点样的舍基地,也不容易,除了花钱,还要求人。

日头刚露脸,老砌匠向厚成和他的四个徒弟已到了现场。向师傅是方圆十里久负盛名的砌匠。他负责建造的房屋美观大方、经济实用,很受当地百姓喜爱。特别是近些年来,他造新房时尝试城为乡用,把城市住房结构照搬到乡下,茅厕也移进了主屋内,不再叫茅厕而叫卫生间了,使乡下新房上了新的台阶。

何其老汉一见向师傅师徒,忙迎上前去打招呼,又亲自给他们每人发了一包白沙香烟。

向师傅不客套,边抽香烟边问,小工都请好了吗?

请好了,昨儿,我每家每户又打了一遍招呼。何其老汉回答。

向师傅点点头又说,头天人要得多,平整地基呀,打墙基呀,和水泥递砖头呀,还有些七零八碎的杂事,都是要人的,塌不得场啊!

晓得晓得,向师傅,你就放心好了,保管我鞭炮一响,全村的人都会奔这儿来,人手只多不会少。

那样的话,更好!

对话间,何其老汉点燃了炮仗。

立马，小山村就沉浸在喜庆之中了。

可是，让何其老汉郁闷的是，鞭炮响过之后，人是来了几个，稀稀拉拉地，远远没有他所预想的那么多，而且来的都是妇孺老人。

瞧着这些，何其老汉的心凉了半截。

向师傅脸上掠过一丝阴云，他瞧瞧这帮妇孺老人，又瞧瞧何其老汉，疑惑地问，老板，就这号人？

何老汉尴尬地笑笑，答，再等等。

又等了一袋烟工夫，只等来本家的侄子何光荣。

何光荣一瞧这阵势，就悄悄地把何其老汉拉到一旁，问：叔，您昨儿咋请人的？

何老汉对侄子的迟到本来就不满，一听侄子这种口气问他，自然不会有好话，便说，咋啦？我还不是和别个先前请我帮忙时的做法一样，进屋打一声招呼撒上一圈烟？未必这也错啦？

请人时，你提没提工钱的事？侄子问。

乡里乡亲帮帮工还要讲钱？何老汉疑惑地反问道。他还嫌不过瘾，就在侄子面前扳起指头数起某年某月，某某家砌新房，他去帮了几天忙的事。何老汉从 20 世纪 80 年代数起，一口气数了二、三十家，有的家他还帮过两三次。这倒是事实，自分田到户以来，村里条件好的人家已不止一次改造房屋了。何其老汉家条件算差的，造新房自然落在后头，当然也算不上最后，比他条件更差的还有几家，至今还只在筹措之中。

侄子说，叔，您别扳指头了，这我晓得，您热心肠，全村的新房您都出过力流过汗。可那都是老皇历了，现在变了，变得和从前不同了。

什么老皇历？去年我还给何大拿家帮过忙哩！

去年大拿家砌屋你也去帮忙了？没开钱给你？

这话倒让何其老汉想起来了，大拿新房落成后，大拿要给他工钱。可他没有要，还说，一笔写不了一个何字，乡里乡亲的，办喜事帮忙要钱就太生分了。现在想来，难怪去年在大拿家做小工的好些人面生，原来是花钱请的小工。

说话间，何大拿的儿媳姗姗来了，姗姗说，其叔，我给您老帮忙来了，原本是该坤山来的，可是，坤山一早被大毛相邀上广东打工去了。

男工换成了女工，何其老汉心里虽有些不快，但是一想，毕竟人家派人来了，比起那些装傻，懂进不懂出的人家来说，强多了。于是他脸带笑容地说，没事没事，反正是当帮手，男女都一样。喏，这是你的烟。说着何其老汉摞给姗姗一包烟。

姗姗说，我不抽烟，不要不要。

何其老汉说，老规矩了，你不抽拿回去给你家男人抽。

谢谢其叔。

谢啥谢，要谢还得谢谢你们，你们来了就是瞧得起我何其老汉。何其老汉说这话时，像赌气，声音很大，是说给场上所有人听的。

何其老汉说完又有些后悔，暗骂自己，赌啥气呢？又谁招惹你啦？

第二天，何其老汉新屋场旁挂出一块红字招牌，上书：本工地招小工若干，每人每天八小时 50 元（饭食和烟水自理）。

荒诞事四题

鸡事

村主任怀揣着美金到国际市场引进良种鸡，没想到良母鸡们俏得很，早被那些手长的大款大腕们抢光了。万般无奈之际，村主任想，娘的，没有良母鸡，良公鸡也要弄它一只，要不然，咋对得住饱满臃肿的出差费呢？

村主任回村后，召开村民大会。

会上，村主任提议：为了确保今后全村鸡仔血统早日良种化，三天内各家各户务必将所有的土公鸡处理掉。村主任的话音刚落，便遭到多数村民的反对。有村民说，村主任的想法虽好，但是这种搞法不合鸡理，公鸡也是鸡，它们也有做鸡的权力。村主任就怒斥道，什么鸡理人理，维持安定团结是最大的理。村主任还道，鸡和人一样，不能搞多中心，只能一个中心。今后谁要是搞了多中心，村里的养殖业发展不起来而影响了全村奔小康的话，就拿谁是问。

村主任的话上纲又上线，于是村民全都哑巴了，于是村主任的提议就一致通过了。

随后，村主任亲自督查，全村除却他天价引进的那只洋公鸡外，所有的土公鸡有的被贱卖到外地，有的被宰杀吃了、有的被阉割成了骟鸡公。

全村母鸡们眼睁睁地瞧着昔日的老公或者情鸡们，不是成了刀下之鬼，或刀下之太监，便是被发配他乡，而它们全都无能为力，于是一个个耷拉着脑袋，像霜打的苗儿一样，有泪只能心里弹！

与此相反，村主任家的洋公鸡却快乐无比。试想，全村的母鸡一夜之间全都守了寡，或者待字闺中，对洋公鸡来说，不是天上掉下一个林妹妹，而是天上掉下一大批林妹妹！昔日皇帝老儿也只不过享受三宫六院七十二妃的美色，而这只被炒作起来的洋公鸡却能享受着几百只母鸡们的美色侍候，想想看，这是何等的荣幸与威风啊！

瞧，洋公鸡屁股开始翘高了。它在想，小妖精们，别假正经呀！瞧你们今日哭鼻子抹眼泪地惦记着昔日的相好，舍不得用半只眼瞧老子一下。哼，要不了多久，你们发情想老子上时，看老子怎么收拾你们！

果然，不出洋公鸡所料，母鸡们是现实的，它们不光懂得"鸡死不能复生"的道理，而且也没读过孔孟之道，不知三纲五常为何物，更没有从一而终的道德观念。它们只知道生理需要，或者上升到传宗接代的理性需要也行。一句话，它们经过短暂的伤感之后，心灵日渐平复。正可谓时间是医治心灵创伤良药！可不，瞧，村主任家的黑母鸡开始向洋公鸡送秋波了哇。

近水楼台先得月！黑母鸡自然成了洋公鸡的第一夫人，或者叫皇后也成。

村看村，户看户，群众看干部。村主任家的黑母鸡都能改嫁，俺们为何就不能？于是全村的母鸡纷纷向洋公鸡投怀送抱了。乐得洋公鸡好长一段时间，天天沙着嗓子模仿歌星庞龙哼唱着流行歌曲《两只蝴蝶》：亲爱的，你跟我飞，穿过丛林去看小溪水……

　　洋公鸡的歌声,激发了母鸡们的快乐,母鸡们的快乐触动了村民的乐神经。那段时间,村民个个乐得合不拢嘴,相逢便唱"咱们老百姓,今儿真高兴",或者是长安君子若相问,你幸福吗?回答是,哇,幸福啊,幸福啊,他姥姥的,真是太幸福啦!可不是,不用多操心,就可收获到高质量的杂交鸡蛋,他们能不高兴和幸福吗?

　　然而,好花不常开,好景不长在。就是这个讨厌的"然而",让洋公鸡将全村的母鸡玩乐一遍之后,新鲜感全没了。也难怪,即便洋公鸡是铁打钢铸之身,也经不起众多母鸡们的吸精取髓般折腾啊!再加上洋公鸡享受的是专制、特权加垄断,无有公鸡竞争,因此它的服务态度日渐恶劣,服务质量也是王小二过年,一年不如一年!不,应该说是一天不如一天。先前,它一个月尚能将全村的母鸡关照一次,随后下降到一个季度例行一次,再后,对于那些不顺眼的,或脑后长反骨的,不是打入冷宫,便是一年半载都懒得去理睬了。

　　这下可苦了青春正旺的母鸡们,于是,一些耐不住寂寞的母鸡为了博得洋公鸡的青睐,宁肯忍饥挨饿,将自己辛苦捉来的虫子省着不吃,也要悄悄地送给洋公鸡独自享用,宠得洋公鸡尾巴都翘到天上去了。以致后来,洋公鸡竟敢在光天化日之下索贿受贿了。

　　更让母鸡们气愤的是,谁要是稍有叛逆精神,洋公鸡就会对谁实施房事制裁。久而久之,被冷落的母鸡们怨声载道,成天"咯咯"地叫唤着抗议,然而全都成了白天白抗议,夜儿瞎抗议。虽如此,后果还是很严重的哟,一些母鸡得了忧郁症,一些母鸡便成了相骂斗嘴的愤青,还有一些母鸡糊里糊涂地怀上了旧,早晚跳起了广场舞,放的唱的乐曲也都是上几辈子所喜爱的老歌——

什么"天青青,野茫茫,我在草蓬等着郎……"之类的绿歌。歌曲让它们穿越了历史的隧洞,陶醉于当初村里公鸡繁多时,先辈们自由相爱和相互追求的快乐之中,可是,歌儿唱过舞儿跳过之后,便是更大的失落和郁闷。

母鸡一郁闷,村民就发呆!

随后,村民们悲伤地发现,不知咋整的,自家的母鸡下了两三轮优质蛋后,忽然有一天母鸡们下蛋的热情和数量锐减了,而且蛋的大小又恢复到老样子,甚至还不如从前了。更糟糕的是,许多母鸡像吃多了转基因饲料一样,生下的鸡蛋孵不出小鸡仔了,全成了寡蛋!这还了得,直接威胁到鸡们子孙后代的繁衍,也影响了村民的油盐酱醋茶的提升。

这可是有碍持续发展的大事!

村民们心里急呀,可是面对着村主任的权威,又无可奈何。

后来,事情总算有了转机,村主任人选不再由乡政府直接任命而改为民选。换届时,村主任因"引种"事件被人弹劾,村民同声一喊,村主任位置便易了他人。

落选的村主任感到很没面子,一气之下将洋公鸡宰了,炖了。他拿出一瓶劣质大曲,自斟自酌。哦,对了,下台干部没公款报销了,自掏腰包,为省钱甘愿喝劣质酒符合国情民情。他一边吃喝着一边骂着:洋公鸡啊,你小子搞腐败,吃好的喝香的,也值得了,还睡了那么多的女鸡,有的还是处鸡,比老子强多了,老子一辈子才睡……唉!

村主任吃着喝着,就情不自禁地唱了起来:公鸡公鸡你好幸福,母鸡睡觉你做主;村主任村主任我命苦,今日下台因为你的腐!

显然,村主任喝多了。

屁事

红薯肠胃一直不好,爱放屁。红薯在没当村主任时觉得自己的屁和别人的屁没两样,一个字,臭! 所以当屁来时,他总是小心翼翼地跑步离开众人,来不及跑开时便背过身去。无论如何,他是万万不敢朝着别人放的。

红薯没想到的是,在他当了村主任之后的某天再放屁时,屁就香了。

某天,红薯吃多了黄豆、薯片,或者花生之类的东西,屁来得特勤特快,走着走着就放了一个响屁。"好香啊!"红薯回头一望是村民亮疤在说话,亮疤已跟在他后面好久了。红薯便尴尬地转过身问:"你刚才说啥来着?"

亮疤说:"村主任,您放的屁好香嘞。"

红薯不高兴了,说:"你嘲笑我是吗?"

"我哪敢嘲笑您老,真的,刚才您放的是一个香屁嘞,好香好香的。"亮疤边说边做深呼吸状。

红薯瞧着亮疤那副熊样,暗想,老子借他百个胆,也谅他不敢在我面前耍花样。古人云,自屎不知臭,也许下半句就是自屁不觉香哩! 于是,他莫名地高兴了。人一高兴就容易忘形,于是他像急于求证似的又朝着亮疤放了一个响屁,问道:香不香?

亮疤又夸张地吸吸鼻,说:"香,香,比玫瑰花还香嘞!"

红薯听罢哈哈大笑,笑着笑着就将亮疤呈上来的"建房用地申请报告"签上"情况属实"递还给红薯。红薯便高高兴兴上乡国土所去了。

事后,红薯老是想笑,笑自己要不是那天亮疤提醒,放了香屁还浑然不知哩。不过,红薯笑过之后,还是对自己的屁把握不准,也不敢太乐观,心想,毕竟只听到一个人夸赞嘛。

又一次,红薯在村里转悠,忽然瞧见六组村民棉花的肚子又隆了起来。反了反了,棉花不是生了两个妹娃么,怎么又驮起肚来了?红薯便大叫一声:棉花!

棉花一见是村主任,知道孬多好少,忙趑转身子往屋里逃。可她刚前脚进门红薯就后脚跟了来。也许红薯太性急了,跑动了肚里的浊气,刚跨进棉花家的门槛儿就放了一个响屁。

"哎呀,好香啊,大村主任,刚才的屁是您放的吗?"堂屋里不见棉花却走出棉花的婆婆邯婶。邯婶边说边搬来一张椅子请红薯坐。

红薯听了邯婶的话,心情陡然好将起来,忙问:"邯婶,刚才你说啥来着?"

邯婶说:"巧怪了,刚才我听到一声响,香气就扑鼻而来,出门一瞧是村主任您来了。"

"啥香味啊?"红薯问。

邯婶煞有介事地吸吸鼻子说,"哎,哎,有点像槐花的味道。"

红薯暗自一凉,为邯婶没说像玫瑰花香有些遗憾。不过很快地,他便释然了,高兴地想,也许是早晨吃的东西不同的缘故吧,槐花香也是香嘞。红薯便有些得意,一得意就将正事给忘了,起身告辞时才想起棉花的事儿,问:"棉花又怀上了伢伢是不?"

"没有的事儿,一定是村主任您瞧花眼了。"邯婶边答边朝里屋喊,"棉花呀棉花,刚才村主任的屁很香很香是不是?"

"是啊是啊,一股槐花香。"里面传出棉花的声音。红薯不再问便独自走了。

后来,红薯又听到村民南瓜、土豆、杨花等讲他的屁有一种花草香。红薯还听村民说,要是举行放屁比赛的话,凭着屁的香气和大气他准会夺冠。于是,红薯就坚信自己的屁是芳香无疑的了。

一天夜里,红薯和老婆桐花做了那事之后,就余兴未了地说:"桐花哎桐花,你晓得么?大家都讲我放的屁是香的嘞,你也闻闻好不?"红薯没等桐花回答,便"噗"地放出一个响屁。桐花在下面说:"真香嘞,真香嘞。""啥香?""好像是稻谷香嘞。""还有呢?""又好像是麦香。""好你个臭婆娘,闻出来的香味都比别人差一截。"红薯不满地从桐花的身子上翻滚而下。桐花委屈得直想掉泪。

冬季农闲,全乡召开村主任以上干部会议,研究如何搞好农村"三通"的事。讨论时,红薯所在的组恰好分在乡长办公室。大家发言积极热烈。当有人讲到交通肠梗阻制约农村经济发展时,红薯突然感觉肠胃过敏,想放屁。要是在以往,红薯准会溜出办公室去解决,可是现在不同了,他想放一个香屁让与会者瞧瞧他的能耐,于是他将大屁股稍稍一抬就放了。

随着一声蔫响,众人屏息掩鼻,主持会议的乡长皱着眉头问:"谁谁刚才放屁了,真臭!"

大伙都瞧着红薯。

红薯没想到会是这种结果,就窘迫地说:"乡长呵,真是对不起!这之前,村里人都说我放的屁好香的,没想到,唉……"

乡长听罢笑了,说:"红薯呀红薯,你也真想得出,在这儿,谁的屁都不行,只有我的,嘿嘿!"说着乡长真的放了一个响屁。

没等乡长问咋样,在场的村主任都异口同声地说:"香啊,真香!"

红薯还夸张地吸了吸鼻子说："哇，比玫瑰花还香嘞！"

眼事

本故事发生时间不详，地点也不详，不过故事中的人物却是翔实的，譬如主人公曾言，他身高一米七二，五官端正，喜摄影，好旅游，还爱独自行动。

一天，曾言在某深山老林中迷路了，天色渐渐地暗了，他那个急啊，没法用规范汉字来形容了，就改用络网语言叫"我靠"！正在他想靠无靠的时候，突然一束强光照亮了他的眼。于是，他顺光亮望去，原来是一副蓝眼镜。

曾言走向前去拾起蓝眼镜来仔细端详又端详，它制作精巧，镜片的手感特好，质地像水晶又非水晶。他从未见过。是谁丢失的呢？好像这里从未来过人。他便好奇地戴上蓝眼镜。这一戴让他惊喜万分，他立马看清了来路。于是他赶在天黑之前，走出了丛林。

蓝眼镜救了他，他就把它装在盒子里时刻带在身边，却不轻易戴上。

一天，曾言听到一种奇怪的声音从口袋里传出，原来是蓝眼镜发出的。他就掏出蓝眼镜那怪声还不断。他觉得好奇就将它戴上了。巧了，蓝眼镜立马不响了，可他更震惊了。他透过镜片，看到局长正在接受某包工头的巨额贿赂款。他以为发生了幻觉，忙摘下眼镜，又什么看不见了。复戴上，局长受贿的场景又映在眼前了。奶奶的，难怪工程质量老是上不去。原来是这么回事啊？曾言随口就是一句国骂。

　　说来也怪，自此以后，每当眼镜发出怪声，曾言戴上准会看到局长受贿的情景。

　　曾言意识到这副眼镜就是传说中的神镜，或者叫魔镜也行。他喜饱了，心想，有了它，老子还怕什么呢？于是，他腰杆子陡然硬了起来。之前，他见局长如老鼠见猫，今儿个，嘿嘿，他仿佛成了局里的老大了。

　　有一次，局长在台上做报告，曾言在下面唧唧咕咕地说着话。局长不满地用水杯敲了敲主席台还挖了挖他两眼。可他不屑，依然讲着小话。这下局长真生气了，点名要他站起来讲。他没有站起来，还不以为然地回答说，完了完了我刚才在和某某通话呢？某某就是前不久给局长行贿的包工头。局长听罢一怔，没再坚持要他站起来就自个儿继续念稿子了。

　　曾言，好像局长有点怯你啊？会后，施实蹭到他面前低声问，哥们，你是不是抓到了局长啥把柄了？他俩是铁哥们，曾言见问就得意地一笑，说没错，不然我敢公开顶撞他吗？施实却不信。曾言就把自己捡到蓝眼镜的事一五一十地说了出来。施实更不信了，将小头摇得像拨浪鼓。曾言生气了，说不信我把那副眼镜借给你用个月试试。施实说，好，耳听为虚眼见为实，哥们，到时我一定还你。

　　一个月后，施实准时还眼镜来了。曾言就问看到局长受贿的事了吧？施实答，没有没有，看到的全是些污染眼睛的事，真没意思真没意思。曾言不信。施实说信不信由你，我看到的全是局长和女人上床的事，有已婚的也有未婚的，还有小姐。施实隐瞒了局长和好友宋歌妻子也有一腿的事。

　　施实可以瞒着曾言但不能不含蓄地提醒宋歌。宋歌听后将信将疑。施实便说你要是不信可以去找曾言，他的蓝眼镜可以让你找到证据。

于是，宋歌找到曾言，说，曾哥听说你有一副神奇的蓝眼镜是吗？能否也借我用一下啊？他两也是哥们，曾言正为施实讲他只瞧见局长生活腐化没瞧见局长受贿而疑惑着。现在见宋歌来借蓝眼镜正好可以让他去验证一下施实是否跟自己讲了假话。于是二话没讲就同意借了。

宋歌揣着蓝眼镜近半月也没出现什么异常，正想骂施实尽讲鬼话时，蓝眼镜终于叫起来了。宋歌便拿出来戴了，可是见到的却是局长在赈灾现场。后来，蓝眼镜又叫了两次，宋歌瞧见的都是局长在做好事，后一次是位老人在街道上踩中一块西瓜皮滑倒了，摔得不轻没爬起来，正好被路过的局长看到了，局长忙拦下一辆出租车把老人护送到医院。宋歌被感动了，写了一篇新闻报道表扬了局长并收到了市民好评，年终那篇报道还被市报评为年内十件好新闻之一。

施实看到那篇报道后很生气。他找到宋歌，说局长睡了你老婆你还为他唱赞歌，你呀你还算男人吗？宋歌听罢更气，说施实你平白诽谤我妻子真可恶！要不是看在你曾是铁哥们的份上，我准会叫你满地找牙！施实没想到好心没得好报，一转身愤愤地走了。

施实走后曾言来了，曾言更生气，质问宋歌：局长做好事你是怎么晓得的？宋歌说是你蓝眼镜告诉我的。曾言不信。宋歌说千真万确，你的蓝眼镜让我三次看到局长做好事，前两次我没写。后一次我太感动了，再不写的话就对不住良心了。曾言还是不信，说宋歌你想拍马屁你拍好了，别诬蔑我蓝眼镜。说完他收回了蓝眼镜。

蓝眼镜跟着曾言，依然不时地提供局长受贿的事。

曾言终于觉悟了就举报了局长，却遭到了局长和行贿者的否认和反诉。

办案人员就问他要证据，他拿不出就拿蓝眼镜说事，还供出了施实也用过蓝眼镜。办案人员听罢很疑惑地说，曾言啊，就算你讲的不是天方夜谭，那蓝眼镜总该让我们验证一下是吧？这话无可辩驳，他就缴出了蓝眼镜。

三个月后，办案人员来还他眼镜，并郑重地对他说，曾言啊，经过我们多人试戴和多方试验，蓝眼镜只是一副普通的眼镜。曾言听罢急得满脸通红，连说不可能不可能绝对不可能。办案人员便向他出示了"国家科学院鉴定证书"。

曾言傻眼了，大呼这不是我原来的蓝眼镜，可是没有谁听他的。

随后，曾言被送进了精神病院。施实传有间断性癫痫症。

接着，宋歌升为副科长。

心事

勇男是个女娃。

可是，勇男不像女娃，她一米有七，大脸块，蓄着男式平头，身着男式西装，男式皮鞋。甚至一招一式都很男式，嘿，一句话，帅呆了！

追溯起来，勇男还在娘肚里就开始异化了，缘于她娘在怀她的时候就想个男娃。也难怪，国人的传统是重男轻女，她的爹娘尤传统。可是，她的娘偏偏连续生下两个女娃，这让她的爷娘很失望。她爹便冒着被开除公职的风险又给她娘重新装上了窑，希望能出产一个带把儿的茶壶。可是又让他们失望了,他们千呼万唤,唤来的还是一个女娃。

勇男一落地,她爹叹气连连,因此直到"洗三"那天了还没有取名字。可人总得有名字是不? 万般无奈,她的爹就给她取名勇男。勇男者,勇敢的男孩也! 以此,聊以自慰。不! 应该说是自欺欺人。

勇男满月之后,在她爹娘的精心打扮下,呈现在众人面前就是十足的"男娃"了。哇,你家小子好可爱呵! 每当听到这样的赞叹,勇男的爹娘就会很满足很幸福地笑笑,仿佛手中的宝贝真是男娃了。如此,也就更加助长了他们把她包装成男娃的信心。

也不知为啥,勇男打从下地走路时起,就顽皮得像个男娃。她四肢发达,比同龄人高出半个头。在幼儿园,那些同龄的女娃个个都被她修理过。她修理同龄人,从不使用抓脸皮扯头发之类的女娃伎俩,而是拳脚相加的男娃手段。以致后来,少有女娃愿与她玩耍。这难不倒她,她就成天与男娃厮混在一起,玩冲锋陷阵,或刀光剑影的游戏。与她玩耍的男娃从不叫她的名,都一律以"勇哥"相称,这和李宇春的粉丝爱叫她"春哥"差不多。她应答起来也从不脸红。就这样,从幼儿园到小学,又从小学到中学,她都是这么走过来的。

按理说,女娃到了十四五岁时,再怎么着,女性特性总会显现出来一些。可是不知为啥,勇男给人的感觉还是男娃一个,她理着平头,身着宽松的学生装,该凸的地方没凸出来,该凹的地方没有凹进去。"两凸一凹"出了问题,发包人肯定受贿了,包工头只好偷工减料,建了个豆腐渣工程。当然,也许工程没问题,是她刻意伪装的。还有可能是她父母使了巫术啥的,反正让每位瞧她的人都会犯难:这孩子到底是男娃还是女娃?

青春期都能蒙混过关，这女娃肯定没治了，要是在古时，不成为祝英台也会成为花木兰哩。可不，勇男就这样男性化地一路走了过来，直至参加工作。她也给人们留下许多版本的轶事掌故。

其中有这么一条，就曾让多少陌生人瞠目结舌过！说的是，有一次，她走进女公厕，一帮女娃瞧见了一位平头大脸的"男士"直奔她们而去，一个个慌乱得搂裤子不赢。还有人发出凄厉的喊叫声：抓流氓啊，抓流氓！勇男听罢，便冲上前去，朝着那喊叫的女娃就是两耳光，还吼道："你叫啥叫，谁是流氓啦？你以为只你一个人有那个东东哇？你瞧好了，本公子的东东比你那东东一点儿也不逊色！"说着她"哧溜"一下将内外裤子脱到膝盖以下。

不过，自"厕所"事件发生之后，勇男心里还是很郁闷，想自己再怎么着还是改不了女儿身。前些年，她看到一些报纸杂志登载男人变女人的事，一面惊叹当今科技发展之奇，一面又痴痴地傻想，啥时候女人也能变男人呢？没想到事隔不久，科技遂人愿，世上第一例女变男的事成功了。"哇，太让人振奋了，我也去变变看。"于是，一段时间，勇男在熟人的视野中消失了。

之后，当她再出现在大众面前时，同事们说："勇男呵，好久不见，你越来越像男人了。"勇男答："啥像不像的，我就是男人了。"同事又玩笑地说："可是，你再怎么着总有三两点不像啊。"勇男便认真了，说："那是从前，现在没有啥不同的了。我告诉你，我已做了变性手术，我就是男人了。"同事就瞪大了眼睛，疑疑惑惑地问："你不是说梦话吧？"勇男生气了，大声地反问："谁说梦话啦？"

不过，勇男上班后，还是遇到了麻烦，这就是上公厕。每次，勇男习惯性地刚跨进女厕所的大门，才想起自己已变成男人了，又急忙地退了出来，往男厕所进。可是，那些男人们一见勇男进来了，以为自己走错了门，忙不迭地藏起了家伙。这样，是很容易得尿结石的哟。于是，就有人在男厕门口张贴一公告曰：此所严禁鸟人入内。勇男一看就知道是冲自己来的，于是悲从中来。

于是，在一个阴雨的秋天，勇男辞职去了一个鲜为人知的地方。

三年后，勇男原单位的汪某去某地旅游时，碰巧遇见了勇男在某景区的定点商店推销玉制纪念品。

汪某回来后逢人便说，勇男又变回女人了。

单位的人都不相信，汪某很不悦，便说，信不信由你们，反正勇男变回女人了，也变乖巧了，还是个美女哩。可是众人还是不信。汪某又说，开始我也没看出来，要不是她喊了我的名字，要不是她悄悄地告诉我，她店里的东西全是假货要我莫买的话，我也不相信。那天，我还悄悄问过她，为什么蓄起了长发穿起女人服装来了。她"扑哧"一笑，然后大彻大悟地说，现在世道变了，各国流行男女平等了，有的地方还女士优先，那我为啥放弃当水做的女人而去当泥做的男人呢？

汪某说罢，便有人疑惑地问他：这不是乱折腾吗？

汪某笑而不言，心里却骂道，瞧你个装鳖样，难道这世上就她一人乱折腾吗？